Stelldichein der Literaten

Die Idee zu diesem Buch
hatte Petra Frerichs.

Stelldichein der Literaten

Joke Frerichs

Bibliographische Informationen der Bibliothek:
Die Deutsche Bibliothek verzeichnet diese Publikation in
der Deutschen Nationalbibliographie; detaillierte Informationen sind im Internet über http://dnb.ddb.de
 abrufbar.

© 2023 Joke Frerichs (2. Version)
Herstellung und Verlag: BoD - Books on Demand,
Norderstedt
ISBN 978-375-7808-136

Dies ist ein Buch für Literatur-Enthusiasten.

Die geschilderten Begegnungen mit den Literaten sind überwiegend fiktiver Art; aber sie hätten so oder so ähnlich stattfinden können.

Auf diese Weise kommt es zu *Gesprächen mit: Thomas Bernhard; Arno Schmidt; Virginia Woolf; Peter Handke; Fernando Pessoa; Robert Walser; Wilhelm Genazino; Dieter Wellershoff; Jürgen Becker; Erasmus Schöfer; Kurt Drawert; Hans Henny Jahnn; Paul Nizon; Hermann Broch; Peter Kurzeck; Karl Mickel und Hermann Hesse.*

Mich interessierten in erster Linie Facetten ihrer literarischen Praxis, die für mein eigenes Schreiben bedeutsam geworden sind.

Der Bildersucher

Ich ging eine Weile kreuz und quer durch das Viertel, in dem er wohnte, um mich umzuschauen. Eine vom Verkehrslärm erfüllte Straße führte stadtauswärts in eine waldige Umgebung. Ich wunderte mich, dass er es in einer derart unwirtlichen Gegend aushielt. Als ich mich an einer Kreuzung umsah, erkannte ich das Café, das ich auf einem Foto gesehen hatte. Ich ging hinüber und das Unerwartete geschah.

Als ich das Café betrete, will er gerade gehen. Wir treffen in der Tür aufeinander. Ich muss ihn etwas verwundert angeschaut haben, denn er fragte mich: *Kennen wir uns?* Ich antworte: *Ich kenne Sie; Sie mich wohl kaum.* In meiner Verlegenheit frage ich ihn, ob er schon gehen will. *Ich habe zu tun; ich muss noch abwaschen. Außerdem kommt meine kleine Tochter gleich nach Hause. Da muss ich anwesend sein.* Als ich ihm sage, dass ich ein guter *Abtrockner* bin, meint er: *Dann kommen Sie doch einfach mit!*

Das Haus liegt ganz in der Nähe. Auf dem Weg dorthin schweigen wir. Die Tür zum Garten ist abgeschlossen. *Normalerweise lasse ich Niemanden hier rein. Ich hasse es, von ungebetenen Besuchern überrascht zu werden. Aber wenn sich jemand zum Abtrocknen anbietet, mache ich natürlich eine Ausnahme.*

Wir gehen durch den Garten ins Haus, in dem es auf den ersten Blick chaotisch aussieht. Überall liegen Bücher herum; ein alter Holztisch mit Papieren und Schreibutensilien; getrocknete Früchte; Pilze; Wanderstöcke; alte Möbel. Er führt mich in die Küche. Auf der Spüle und der Anrichte stapelt sich das Geschirr. Er lässt heißes Wasser ins Spülbecken und beginnt, abzuwaschen. Mit einem Kopfnicken deutet er an, wo die Küchenhandtücher hängen.

Beim Abwasch duzt er mich. Er will wissen, was mich in diese gottverlassene Gegend führt. Paris habe doch so viel Schöneres zu bieten.

Ich habe einige Film-Dokumentationen über Sie gesehen. Auch das Café kannte ich von daher. Ich habe es wiedererkannt. Hin und wieder habe ich auch Zeitungsberichte darüber gelesen, wie Sie leben. Aber das alles war mir zu voyeuristisch, geradezu stilisiert, als wollten die Journalisten sich selbst ein Denkmal setzen. Da wollte ich mir selbst ein Bild machen. Mir war die eigene Anschauung wichtig, auch, weil ich viel von Ihnen gelesen habe und ich zu der Auffassung kam, man könne einiges von dem nur dann verstehen, wenn man den Ort, wo Sie leben, gesehen hat.

Während ich rede, merkt er hin und wieder auf. Vor allem, als ich erwähne, dass ich seine Bücher gelesen habe, denn er sagt: *Die Journalisten, die sich hier mitunter tummeln und mir auflauern, scheinen sich in der Tat nur für Äußerlichkeiten zu interessieren. Sie erwarten offenbar Sensationen, wenn sie mich hier heimsuchen. Aber Du siehst ja selbst: hier ist nichts los, worüber man berichten könnte. Umso mehr lassen einige von ihnen ihre Phantasie ins Kraut schießen. Nur selten hat mich einer nach meinen Büchern gefragt.*

Mich hat auch die Gegend interessiert, die Sie hier umgibt. Einer der Filme zeigt Sie beim Pilze sammeln im Wald. Oder beim Umhergehen. Ich war immer wieder erstaunt, wie es Ihnen gelingt, aus eigentlich belanglosen Ereignissen Literatur zu machen. Im ‚Nachmittag eines Schriftstellers' spürt man geradezu, wie ein Motiv in Ihnen heranreift, wenn ich das einmal so banausisch sagen darf.

Es stimmt, was Du sagst. Obwohl die Erzählung damit beginnt, dass ich aus dem Haus gehe, um abzuschalten. Aber das ist das Eigentümliche an der Schriftstellerexistenz: wir sind immer Beobachter; nehmen wahr; sinnieren darüber und hängen irgendwelchen Formulierungen nach. Die Ar-

*beit ist niemals abgeschlossen. In gewisser
Weise macht das den Reiz des Schreibens
aus; aber manchmal wäre es mir lieber, ich
könnte für den Moment einmal alles vergessen. Das gelingt mir in Ansätzen nur dann,
wenn ich Musik höre oder ins Kino gehe.*

*Mir ist aufgefallen, dass Sie recht eigentlich gar
nicht so sehr über das äußerlich Wahrgenommene
schreiben, sondern mehr über die Befindlichkeiten
in Ihrem Inneren. Der äußere Reiz löst die Assoziationen und Reflexionen in Ihnen aus. Auf diese
Weise ‚synthetisieren' sich die Wahrnehmungen
mit Ihren jeweiligen Befindlichkeiten.*

*Das hast Du gut beobachtet. Allerdings
gelingt mir dies nur, wenn ich gewissermaßen ‚an nichts denke', was bekanntlich unmöglich ist. Ich will damit sagen, dass ich
mich ganz ‚absichtslos' in Situationen bege-
be und nicht krampfhaft nach Motiven suche. Ich stelle mir vor, ich wäre der Erste,
der etwas über sie erzählt. Ich versuche, eine eigene Sprache für sie zu finden, die ihnen gerecht wird. Das ist die eigentliche
Aufgabe für mich als Schriftsteller. Ich habe
stets mein Notizbuch dabei, aber es liegt
nicht offen da, wenn ich Metro fahre oder
im Café sitze. Ich zücke es nur, sobald mir*

etwas auffällt. Anders würde es nicht funktionieren.

Sie sind viel unterwegs; reisen; machen Wanderungen oder Spaziergänge in der näheren Umgebung. Benötigen Sie die ‚Bewegung', um ins Schreiben zu kommen?

*

Erst nach dem Abwasch, als er mich zu einem Rotwein einlädt, fragt er, was ich von ihm gelesen habe. Seine direkte Frage bringt mich ein wenig in Verlegenheit, weil ich nicht weiß, womit ich beginnen soll. Um an das vorige Gespräch anzuknüpfen, antworte ich:

Wie gesagt: Erst vor kurzem habe ich den ‚Nachmittag eines Schriftstellers' gelesen. Auch das ist ja eine Erzählung über das Umhergehen. Allerdings mit dem Unterschied, dass Sie bereits Ihre Arbeit getan haben, bevor Sie zu einem Rundgang durch die Stadt aufbrechen. Aber man spürt doch, dass es Ihnen nicht so recht gelingt, ‚abzuschalten'. In der Café-Szene beschreiben Sie Ihre Wahrnehmung der Anwesenden. Sie schildern sie als Wesen ohne Gesichter, die nur aus Rumpf und Gliedern bestehen. Und was mir noch auffiel: Sie scheinen sich vorzustellen, wie es in den Leuten aussieht, die sie beobachten und was diese möglicherweise über Sie denken mögen. Das alles zeigt, dass Sie schon wieder oder immer noch bei der Arbeit sind. Man wartet geradezu auf den Moment, wo Sie ihr Notizbuch zücken.

Ja, das ist das ‚Ausbeuterische' an meiner Arbeit. Wenn Du so willst, benutze ich die Anderen zur ‚Bekräftigung meiner Selbst'. Normalerweise bin ich jemand, der in Ruhe gelassen werden möchte. Die wenigen Bekannten oder Freunde, die ich habe, halte ich auf Distanz, so als ginge es darum, meine ‚Unschuld' zu bewahren. Erst wenn ich es in meiner Höhle nicht mehr aushalte und mir, wie man so treffend sagt, ‚die Decke auf den Kopf fällt', suche ich die Gesellschaft Anderer. Aber nicht in dem Sinne, dass ich mich mit ihnen ‚verbrüdere'. Auch da halte ich mich gern zurück, ziehe es vor, eher am Rande zu bleiben und zu beobachten. Auf Gespräche lasse ich mich nur dann ein, wenn sie ernsthafter Natur sind, eine gewisse Intensität haben. Normalerweise geht das nur in einem kleineren, überschaubaren Kreis; ansonsten zerfasern sie.

*

Nachdem wir einen Moment geschwiegen haben, schlägt er vor, in den Garten zu gehen. Überall liegen Gegenstände herum. Auf den ersten Blick wirkt der Garten verwahrlost. Bei genauem Hinsehen entdeckt man hier und da Stellen, die einst ein Beet gewesen sein mögen. Dort behaupteten sich noch einige Pflanzen und Blumen, die der Verwilderung zu trotzen scheinen. Unter den Obstbäumen liegt verfaultes Obst, das einen fruchtig-fauligen Geruch verströmt. Auch sie sind Teil dieses sich selbst überlassenen Biotops, dessen Geheimnisse und Vorzüge sich dem Betrachter wohl erst nach und nach erschließen.

Wir setzen uns an einen alten Holztisch und ich erzähle ihm, dass ich seine ‚Drei Versuche' unterwegs stets dabei hatte; im Zug, im Flugzeug oder im Café sitzend. Es waren ständige Begleiter, auch, weil sie handlich waren und man sie leicht mit sich führen konnte.

Er hörte sich alles an, sagt aber nichts. Gleichwohl merke ich, dass er interessiert zuhört. Als er noch einmal ins Haus zurück geht, um eine neue Flasche Wein zu holen, überlege ich mir, wie ich ihn darauf ansprechen könnte, was es mit dem ‚Bildverlust' auf sich hat, über den er in seinen gleichnamigen Roman geschrieben hat. Ich vergegenwärtige mir den Sachverhalt noch einmal: In dem Roman, der voller Bilder ist, kam mir der Begriff zunächst seltsam deplatziert vor. Ständig werden wir mit Bildern konfrontiert. Wollte er uns die untergegangene Welt noch einmal vorführen – die Welt, in der es noch Bilder gab? Hatte er sich deshalb auf die lange Reise mit seiner Protagonistin begeben, in eine noch weithin unerschlossene, fast vergessene Gegend in der Mitte Spaniens, einer Wüsten- und Gebirgsgegend, die noch fast unberührt von den Versuchungen der modernen Zivilisation ist?

Als er zurück ist, scheint er meine Verlegenheit zu bemerken, sagt aber nichts. Schließlich frage ich ihn ganz unvermittelt, was er mit dem Begriff ‚Bildverlust' gemeint hat. Um mich verständlich zu machen, schlage ich vor, ihm eine Passage aus dem Roman vorzulesen, die ich für eine der ‚Schlüsselstellen' halte. Darin geht es darum, welcher Art die Bilder sind, die wir wahrnehmen, ob sie uns überhaupt noch erreichen, ob sie noch Reaktionen in uns auslösen: Da heißt es:

Sie könnten vielleicht weiterwirken. Aber ich bin nicht mehr fähig, sie aufzunehmen und einwirken zu lassen. – Was stattdessen auf mich einwirkt, das sind die gemachten und gelenkten, die von außen gelenkten und nach Belieben lenkbaren Bilder, und deren Wirkung ist eine konträre. – Diese Bilder haben jene Bilder, haben das Bild, haben die Quelle zerstört. Vor allem im noch nicht so lang vergangenen Jahrhundert wurde ein

Raubbau an den Bildergründen und -schichten betrieben, welcher zuletzt mörderisch war. Der Naturschatz ist aufgebraucht, und man zappelt als Anhängsel an den gemachten, serienmäßig fabrizierten, künstlichen Bildern, welche die mit dem Bildverlust verlorenen Wirklichkeiten ersetzen, sie vortäuschen und den falschen Eindruck sogar noch steigern wie Drogen.

Dies ist für mich eine der Schlüsselstellen des Romans. Ich interpretiere sie so, dass Sie den Verlust authentischer Erfahrungen, Wahrnehmungen, Gefühle beklagen. ‚Bilder' – wie Sie sie verstehen, kommen von ‚innen'. Sind Resultat der Verarbeitung von Erlebtem, Gesehenem. Genau dieser Prozess, der aus der naiven Anschauung eine bewusste Wahrnehmung, ja Erfahrung macht, geht ja in der Moderne mit ihrer extremen Reizüberflutung verloren. Dies meinen Sie doch wohl, wenn Sie vom ‚Bildverlust' sprechen: Einen dramatischen, unwiederbringlichen Verlust an authentischer Welterfahrung.

Er schaut mich nachdenklich an; auch ein wenig überrascht. Ich merke, dass es ihm unangenehm ist, über seinen eigenen Text zu reden. Schließlich meint er:

Du hast recht. Naturerfahrungen müssen an erster Stelle genannt werden. Erfahrungen von unberührter Natur. Aber wo gibt es diese noch? Die künstlichen Bilder der Medien mit ihren Versprechungen von heiler Natur ersetzen mehr und mehr die Wirklichkeit. Wir leiden ja nicht an fehlenden Bildern, sondern an der Überflutung mit diesen Kunstprodukten.

Jetzt verstehe ich besser, warum für Sie der Verlust von Bildern so etwas wie eine existentielle Bedrohung darstellt? Sehe ich es recht, dass für Sie die Tatsache, Bilder zu haben, ,Teilnahme am Leben' bedeutet; Verbundenheit mit der Welt, Teil eines größeren Ganzen zu sein?

Ja. Die Bilder, sowie sie sich einstellten, bedeuteten für mich ,am-Leben-Sein'. Die Bilder, die mir beim Schreiben vorschwebten, schienen, in all der Vergänglichkeit das Unverwesliche zu sein. Selbst wenn mir nur eines am Tag dazwischenkam, blitzkurz, sah ich es als Folge und Fortsetzung, und Teil eines Ganzen: die Bilder als die Weltbestandsschleppe, über die ganze Erde streifend und sie, die kleinsten Orte und Winkel, belebend.

Eine Weile hält er inne, dann fährt er fort:

Die Gewissheit der Bilder – ihre Wahrhaftigkeit, Authentizität – verhießen einem das Gefühl von Zusammengehörigkeit. Etwas, dass sonst nur der Glauben vermittelt – freilich nur der von ökumenischem Geist beseelte. Oder auch die Liebe – eine allumfassende, die ganze Menschheit einbeziehende, wie sie etwa in Beethovens Neunter aufscheint. Genau diese Überzeugung von Zusammengehörigkeit geht – allen Geschwätzes von Globalisierung zum Trotz – in einer Welt des Raubbaus an menschlichen und natürlichen Ressourcen verloren. Die Natur ist nur noch Mittel zum Zweck. Verfügungsmasse. Objekt der Ausbeutung und Nutzanwendung. Nicht mehr Gegenstand der Kontemplation, der Anschauung. Inspirationsquelle. Und insofern ist es mein Anliegen, darauf hinzuweisen, dass jeder Verlust an Naturerfahrung eben auch einen ‚Bildverlust' darstellt.

Im Bild erschienen Außen und Innen fusioniert zu etwas Drittem, etwas Größerem und Beständigem. Bilder stellten den Wert der Werte dar. Sie waren unser scheinbar sicherstes Kapital. Der letzte Schatz der Menschheit.

Durch Bilder ließen sich Außenwelt und Innenwelt verbinden und festhalten. In diesem Sinne bedeuteten sie Reichtum. Im Bild wurde ich täglich erlöst und geöffnet. Im täglichen Bild wurde ich ein anderer. In den Bildern erschien, was schön und recht war, eben, indem es schlicht erschien. Und sie waren auch etwas anderes als die Erinnerungen.

Anders als die immer schon interpretierte Welterfahrung – etwa durch die Wissenschaft oder Religion – stellen Bilder das Unmittelbare schlechthin dar. Das allerdings setzt einen Zugang zur Welt voraus, der noch weithin unentfremdet ist. Weder durch Ideologien verzerrt, noch von äußerem Schein verdeckt. Nach dieser Art unverstellter Naturerfahrung sehne ich mich zurück, obwohl ich weiß, dass ich mich vergeblich danach sehne. Als passionierter Wanderer, der immerzu den Kontakt mit seiner natürlichen Umwelt sucht, weiß ich, wovon ich rede. Ja. Der Verlust der Bilder ist der schmerzlichste der Verluste. – Es bedeutet den Weltverlust. Es bedeutet: es gibt keine Anschauung mehr. Es bedeutet: die

Wahrnehmung gleitet ab von jeder möglichen Konstellation.

Nach seinen Ausführungen schwiegen wir lange. Er schien ganz in seine ‚Romanwelt' versunken zu sein. Nach einer Weile versuchte ich, das Gespräch wieder aufzunehmen.

Für mich hatte es etwas Tröstliches, dass Sie den Versuch machen, das ‚unglückliche Bewusstsein' über den Weltverlust zu bewahren. ‚Trost' ist vielleicht zuviel gesagt, aber Sie geben einer möglichen Quelle des Widerstands und der Empörung Raum. Solange noch der Schmerz über diesen Verlust bewusst wird, ist das verdinglichte Bewusstsein nicht total.

Daraufhin meinte er:

Wie es mich an mir selber empört, dass die Bilder, die mir einmal alles waren, so zunichte geworden sind. Die Bewegung eines Baumblatts genügte, und ich spielte mit in der weitesten Welt. Ein Stück blauen Morgenhimmels im blauen Nachthimmel. Ein beleuchteter Zug im Dunkeln. Die Augen der Leute in der Menge, vor allem die Augen! Die Bartstoppeln des zum Tode Verurteilten. Der Schuhberg der Vergasten. Die

Distelräder im Wind durch die Savanne rollend. Im Bild habe ich die Welt umarmt, dich, uns. Bilder waren Unterstände, dunkle Schutznischen. Nichts ging mir über das Bild. Und jetzt?

Jetzt scheint der Zugang zur Welt versperrt. Die Wahrnehmungen gleiten ab. Die von außen kommenden Bilder – fremdbestimmt und künstlich – bleiben ohne Bedeutung. Man kann sie nicht einfach abrufen. Sie werden uns angetragen, aber haben nichts mehr mit unserer Erfahrungs- und Gefühlswelt gemein. Sie überfluten uns, ohne den Weg in unser Inneres zu schaffen. Sie prallen an uns ab.

Aber mit Ihrem Roman haben Sie dazu beigetragen, dass wir uns des Verlustes bewusst werden. Noch können wir uns der Zeiten erinnern, als sich die Welt über Bilder erschloss. So bleibt am Ende doch noch etwas Hoffnung. Und bestünde diese auch nur darin, die Geschichte vom ‚Bildverlust' weiter zu erzählen. Das könnte eine Botschaft sein – vorausgesetzt, Sie wollten uns tatsächlich eine solche vermitteln. Da ich weiß, dass Ihnen dies fern liegt, nehme ich mir die Freiheit, so zu tun, als wollten Sie sie mir mit auf den Weg geben.

Wir waren beide erschöpft; saßen noch eine Weile schweigend da, schauten auf den Garten, bis er schließlich meinte: *Gleich kommt meine kleine Tochter nach Hause. Sicher bringt sie eine ihrer Freundinnen mit. Ich muss mich beeilen und noch das Essen vorbereiten. Es hat mich gefreut, Dich kennen zu lernen. Vielleicht bleiben wir in Briefkontakt.*

Der Übertreibungsfanatiker

Es war an der Zeit, in den *Bräunerhof* zu gehen. Der Kellner hatte mir am Tag zuvor gesagt, er würde meist erst am Spätnachmittag kommen. Sein Platz sei stets reserviert; dort neben der Zeitungsablage. Ich sah mich um. Das Lokal war gut gefüllt. Er war noch nicht da. Ich setzte mich so, dass ich seinen Platz im Blick hatte. Ich nahm mir den ‚*Standard*', legte ihn neben mich, ohne darin zu lesen..

Während ich so dasaß, überlegte ich, wie ich ihn ansprechen könnte. Der Kellner hatte mir bereits gesagt, er ließe sich nur ungern stören; suche hier seine Ruhe. Schon gar nicht würde er über *Literatur* reden wollen; vor allem nicht über seine eigene. Ich hatte dem Kellner ein üppiges Trinkgeld gegeben, auf das er sich an mich erinnern möge. Er grüßte und ich glaubte, ein gewisses Einverständnis zwischen uns zu spüren.

Als er eintraf, half er ihm aus dem Mantel und wechselte einige Worte mit ihm. Beide schauten zu mir herüber und der Kellner nickte unmerklich. Ich wartete noch etwas und ging dann an seinen Tisch. Er bat mich höflich platzzunehmen.

Sehen Sie, ich bin gar nicht so unnahbar, wie die Leute meinen. Meistens bin ich es, der mit offenen Armen auf sie zugeht. Aber die Meisten schauen weg oder wechseln die Straßenseite, wenn sie mich erkennen. Sie glauben wohl, dass ich meinen Hass auf Österreich auf sie übertrage. Aber dem ist nicht so. Ich hasse ja nicht sie persönlich. Es ist dieses Land mit seiner verlogenen Moral, die sich hinter ihrem Spießertum versteckt, das ich zutiefst verachte. Diese Opfermentalität; diese Ignoranz; diese Gleichgültigkeit, der man überall begegnet. Das macht mich jeden Tag aufs Neue wütend. Sie sind bösartig, unwichtig und meistens dumm.

Er bestellte uns zwei ‚*Kleine Schwarzer'*. Ich war froh darüber, denn eine Kaffeekarte in Wien hat es in sich. Ich wusste nicht, was sich hinter Bezeichnungen wie *Fiaker, Wiener Melange* oder *Großer Brauner* verbarg. Dann fragte er mich nach meinem Anliegen und noch bevor ich etwas sagen konnte, meinte er:

Sie wollen doch hoffentlich nicht über meine Bücher reden. Das lehne ich grundsätzlich ab. Man kann sie ja lesen. In ihnen steckt nichts Geheimnisvolles, das ich erklä-

ren müsste. *Ich mag das Bedeutungsschwere nicht. Was ich schreibe, ist erlebt oder besser gesagt: erlitten. Daran ist nichts ungewöhnlich. Jeder kann es ohne weiteres nachvollziehen.*

Ich möchte nicht über Ihre Bücher reden, auch weil ich weiß, dass Sie dies ohnehin ablehnen würden. Worüber ich gerne mit Ihnen reden würde ist: wir haben einige Gemeinsamkeiten. Wir sind beides ‚Großvater- und Verschickungskinder'.

Er schaute mich überrascht und auch ein wenig misstrauisch an. Er sagte zunächst nichts und schien nachzudenken. Schließlich meinte er:

Ohne meinen Großvater säße ich nicht hier. Er hat mich gerettet; mir das Leben, wenn Sie so wollen, ein zweites Mal geschenkt. Mit meiner Mutter verband mich eine Art ‚Hassliebe', wobei der Hass deutlich dominierte. Ihren ständigen Vorwürfen, ich sei nur Ballast für sie, zu nichts zu gebrauchen und werde es auch zu nichts bringen, war kaum zu entkommen. Ich flüchtete in problematische Ausweichmanöver, schwänzte die Schule, lief von zu Hause fort und handelte mir auf diese Weise allerlei Misshelligkeiten ein. Bei meinem Großvater fand ich Trost. Wenn ich wieder einmal völlig verzweifelt und kurz davor war, unterzugehen oder mich umzubringen, bot er mir Schutz und bewahrte mich davor. Mit der Zeit entwickelte ich eine gewisse ‚Widerständigkeit‘, hervorgerufen durch den permanenten ‚Überlebenskampf‘, den ich seit dem Knabenalter führe.

Ich merkte ihm an, wie sehr ihm seine Erinnerungen immer noch nachhingen. Seine zuvor relativ entspannten Gesichtszüge strafften sich; er wurde nachdenklich, und wie versonnen schaute er durch mich hindurch. Nach einiger Zeit fuhr er fort:

Ich war acht Jahre alt, als ich einen ‚Fluchtversuch‘ wagte. Ich wollte von zu Hause weg und unternahm eine Fahrradtour nach Salzburg. Der Versuch scheitert zwar, machte mich aber dennoch stolz auf mich, weil ich ihn gewagt hatte und ziemlich weit gekommen war. Mein Großvater verteidigte mein Vorgehen gegenüber meiner Mutter, die außer sich vor Wut und Empörung war.

Für mich war es ein Akt des Widerstands und der Auflehnung, der zu einem Schlüs-

selerlebnis in meinem Leben wurde. Von dem Zeitpunkt an wusste ich, dass ich mich wehren musste und dass ich selbst es war, der die Dinge ändern konnte.

Als eine Pause eintrat, überlegte ich kurz, ob ich ihm von meinen Erlebnissen mit meinem Großvater erzählen sollte. Dass auch er mich geprägt hat; dass er ein großer *Erzähler* war, dessen Geschichten ich aufsog. Der mich durch seine Kriegserlebnisse in der Schlacht um *Verdun* ein für allemal gegen alles Militärische immun machte; der mich lehrte, mich vor keinem lebenden Menschen zu bücken.

*

Ich unterließ es, von mir zu erzählen und fragte ihn, auch aus einer gewissen Verlegenheit heraus, wie er seine Schulzeit überstanden hatte.

Meine Schulzeit war eine einzige Tortur. Ich war der uneheliche Sohn einer armen Familie, und so war die Schule ein Ort permanenter Demütigung.
Ich war dem Spott meiner Mitschüler vollkommen ausgeliefert. Die Bürgersöhne in ihren teuren Kleidern straften mich, ohne dass ich wusste wofür, mit Verachtung. Die

Lehrer halfen mir nicht, im Gegenteil, sie nahmen mich gleich ebenfalls zum Anlass für ihre Wutausbrüche. Ich war so hilflos, wie ich niemals vorher gewesen war. Zitternd ging ich in die Schule hinein, weinend trat ich wieder hinaus. Ich ging, wenn ich in die Schule ging, zum Schafott, und meine endgültige Enthauptung wurde nur immer wieder hinausgezögert, was ein qualvoller Zustand war.

Er erzählt, dass es wieder der Großvater ist, der ihn vor den destruktiven Einflüssen der Schule schützt. Während der Knabe den Übergriffen der Lehrer und Mitschüler wehrlos ausgeliefert ist, stärkt dieser seine Abneigung gegen die ihm feindlich gesonnene Welt. Wenn der Schulstoff ihn wieder einmal unendlich langweilt, meint sein Großvater nur lapidar, es komme nur darauf an, *durchzukommen*, wie, das sei vollkommen gleichgültig; er halte nichts von Noten. Er bestärkt den Jungen wo er nur kann; er sagt ihm, er sei überdurchschnittlich intelligent, nur die Lehrer kapierten das nicht, sie seien die Stumpfsinnigen, nicht er. Er sei der Aufgeweckte, sie selbst seien die Banausen. Seine Erziehung erhält er von seinem Großvater, der ihn auf seinen Spaziergängen mitnimmt, ihm die Natur erklärt und das Leben überhaupt.

Die Mutter versucht zeitlebens vergebens, in der bürgerlichen Normalität Fuß zu fassen. Eines Tages gaukelt sie ihm vor, eine Verschickung in ein sogenanntes ,Kindererholungsheim' würde seiner Gesundheit förderlich sein. Sie schiebt (ihn?) regelrecht ins ferne *Saalfeld in Thüringen* ab. Es sei nur für einige Wochen, dann würde er erholt zurück kommen. In Wirklichkeit entpuppt sich das *Heim* als Anstalt *für schwer erziehbare Kinder*, mit allen Attributen einer autoritären, nazistisch geprägten Erziehung. Die Mutter hatte versucht, ihn auf diese Weise loszuwerden. Der Großvater holt ihn schließlich zurück; der Junge ist *traumatisiert* und braucht lange, um wieder Fuß zu fassen. Über sie beide sagt er:

Wir waren auf dem Seil gefangen, vollführten unsere Überlebenskunst, die sogenannte Normalität lag unter uns, wir trauten uns nicht, in die Normalität hineinzustürzen, weil wir wussten, dass dieser Kopfsprung unseren sicheren Tod bedeutet hätte.

*

Seit dieser Zeit muss sich in mir die ganze Wut auf die Welt und ihre Einrichtungen aufgestaut haben. Nur durch mein Schrei-

ben ist es mir möglich gewesen, einiges davon zu kompensieren. Man kann auch sagen: nur dadurch, dass ich alles maßlos
übertrieben habe, durch diesen ‚Übertrei-
bungsfanatismus', aus dem ich eine ‚Über-
treibungs-Kunst' gemacht habe, war es mir
möglich, aus der Armseligkeit meiner Existenz auszubrechen. Zumindest zeitweise.
Wenn mich die Leute fragen, woher rührt
dieser Zorn auf all das, kann ich oft nur sagen: er ist tief in mir angesiedelt. Das Übel
liegt in mir selbst. Wie sollte ich ihnen dies
sonst erklären?

Seither sind es diese inneren Vorgänge,
die mich am Schreiben interessieren. All
das Äußere, die menschlichen Handlungen,
die Umgebungen und Landschaften, interessieren mich nicht. Jeder erlebt sie ja täglich, warum sollte ich sie ihnen noch eigens
beschreiben. Das ist doch langweilig.

Jetzt sind wir doch bei meinem Schreiben
angelangt, was ich eigentlich gern vermei-
de. Sie sehen ja: Ich habe nichts mitzutei-
len, was das angeht.

Um eine gewisse Verlegenheit zu überbrücken,
erzähle ich ihm, dass auch ich sechs Wochen in

einem solchen Kindererholungsheim zugebracht habe.

Das Waldhaus lag abgelegen vom Ort. Wir durften das Heimgelände ohne Begleitung Erwachsener nicht verlassen. Wir hatten kaum einen Bewegungsspielraum. Ich erinnere ich mich an zahlreiche Disziplinierungsmaßnahmen; z.b. daran, dass es auch bei geringfügigen Anlässen eine Ohrfeige gab oder man zu Küchendiensten oder Strafarbeiten verdonnert wurde. Wir schliefen mit 25 Jungen in einem Schlafraum. Obwohl wir Sommerferien hatten, mussten wir um 19 Uhr ins Bett. Schlafen konnte um diese Zeit keines der Kinder. Austreten war nicht erlaubt. Vor dem Schlafsaal saß eine der Schwestern und bewachte uns. Kinder, die in ihrer Not ins Bett machten, wurden aufs Übelste gemaßregelt; Bettnässer vor versammelter Mannschaft bloßgestellt und ihr Betttuch mit den Urinflecken zur Abschreckung für alle sichtbar im öffentlichen Aufenthaltsraum aufgespannt.

Täglich gab es einen zweistündigen Mittagsschlaf. In dem Schlafraum war es in der Hochsommerzeit unerträglich schwül. Es war eine Qual, still im Bett liegen zu müssen. Wir wollten raus an die frische Luft, ins Schwimmbad oder Fußball spielen. All das war nicht erlaubt. Schon nach kurzer Zeit überkam mich starkes Heimweh. Ich fühlte mich sozial entwurzelt. Mir sind zwar die schlimmsten Repressalien erspart geblieben, aber was diese vom Faschismus geprägten Aufseher mit uns anstellten, habe ich seinerzeit noch gar nicht erfasst. Erst später wurde in der Öffentlichkeit von den Übergriffen und Misshandlungen dieser Leute berichtet.

*

Ich weiß nicht, ob er mir zugehört hatte, aber wir stimmten darin überein, dass die eigentlichen Katastrophen sich im Verborgenen oder gar im Kleinen abspielen; in dem, was gemeinhin als *Normalität* gilt. Schließlich meinte er:

Mein Großvater war dieser Normalität von frühester Jugend an entflohen.

Er hatte für sie nichts als Spott und Hohn und die tiefste Verachtung übrig. Er war Schriftsteller, wenn auch kein sehr erfolgreicher. Er lenkte seine Energie nicht in die Politik, sondern in die Literatur. Aber er war von Halbgebildeten umgeben. Es ekelte ihn wenn sie ihre Stimme erhoben. Bis an sein Lebensende hasste er ihren ‚Artikulierungsdilettantismus'.

Und er war Anarchist. ,Anarchisten sind das Salz der Erde', sagte er immer wieder. Er hasste Autoritäten, die staatlichen ebenso wie die kirchlichen. Insbesondere die Katholische Kirche zog seinen Hass auf sich. Die katholische Kirche war ihm eine ganz gemeine Massenbewegung, nicht mehr als ein ,völkerverdummender und völkerausnützender Verein zur unaufhörlichen Eintreibung des größten aller denkbaren Vermögen'. Sie beute weltweit selbst die Ärmsten der Armen millionenfach aus, nur zu dem Zwecke der unaufhörlichen Vergrößerung ihres Besitzes. Die Kardinäle und Erzbischöfe seien nichts anderes als skrupellose Geldeintreiber, meinte er.

Während er erzählte, wurde mir klar, dass er seinen Großvater abgöttisch geliebt haben muss. Die Beiden waren unzertrennlich. Schließlich wurde er ganz nachdenklich und sagte:

Unser Geheimnis war: Wir erfanden uns eine Welt, die mit der Welt, die uns umgab, nichts zu tun hatte. Das hat es uns ermöglicht, das Leben um uns herum zu ertragen.

Auch mein Großvater konnte *philosophisch* werden, wenn er voller Ernst und Andacht meinte:

In der Welt ist dunkel, leuchten müssen wir! Als ich meinem Gegenüber diese *Lebensmaxime* meines Großvaters zitierte, meinte er:

Ja, unsere Großväter waren wohl die eigentlichen Philosophen. Sie reißen den Vorhang auf, den die andern fortwährend zuziehen.

Kein Handlungsreisender

Als ich auf der Landstraße Richtung *Bargfeld* fahre, stelle ich mir vor, wie ich ihn antreffen würde. Ihn, der als sperrig und kauzig gilt. Der es hasst, Besucher zu empfangen. Zumal, wenn sie ihn unangemeldet heimsuchen. Ich muss mir etwas einfallen lassen.

Im Ort angekommen, gibt es nirgendwo einen Hinweis. Kein Schild; kein Straßenname deutet auf den Dichter hin, den einige für ein Genie; die meisten allerdings eher für skurril, wenn nicht gar für verdächtig halten. Der Ort wirkt wie ausgestorben. Nirgendwo eine Menschenseele. Niemand, den ich fragen könnte. Nach einigem Suchen entdecke ich am Haus ,Unter den Eichen 13' ein kleines Messingschild. Das Haus steht etwas abseits von der Straße – klein, freundlich, holzvertäfelt. davor eine Wasserpumpe. Auf dem Grundstück tummeln sich einige Katzen. Ich hatte von seiner sprichwörtlichen Katzenliebe gehört. Hier musste ich richtig sein.

Eine der Katzen war ganz zutraulich. Ich nahm sie auf den Arm und klopfte. Die Frau des Hauses öffnete und schaute mich verblüfft an. *Das ist ja unsere Mizie.*

Ich habe sie dahinten auf der Landstraße aufge-lesen, schwindelte ich. In ihrer Freude rief sie ihren Mann, der sich im oberen Stockwerk befand. *Der junge Mann hat unsere Mizie mitgebracht.* Der Dichter kam hinzu und meinte: *Die Katzen halten sich normalerweise auf dem Grundstück auf. Bei den Bauern weiß man ja nie.* Ich wurde zum Tee eingeladen. Ich, der Katzenretter, brauchte keinen Besuchstermin.

Was führt sie in diese gottverlassene Gegend, will er wissen. Ohne eine Antwort abzuwarten fuhr er fort:

Auf das Haus hat mich einst ein Künstlerfreund hingewiesen. Es war genau das Richtige damals. Absolute Stille. Poststelle beim Gastwirt, ein weiteres Telefon beim Kaufmann, keine Kirche. Das umliegende Grundstück haben wir später hinzu gekauft. Als Schutz vor weiterer Bebauung. Und als Auslauf für unsere Katzen. Auch die Gegend gefiel mir. Frühmorgens steigt der Nebel aus den Wiesen auf, und die Sonne windet sich hindurch. Ich gehe gern in der Landschaft umher, genieße die gute Luft und fotografiere viel.

Da Sie nun schon einmal hier sind, kann ich Ihnen das Haus gleich einmal zeigen. Aber zunächst trinken wir unseren Tee.

Wir sitzen in der Küche, an die sich ein kleiner Wohnraum anschließt; mit Wänden voller Bücher. Alles ist klein und eng in diesem Haus. Im oberen Stockwerk, an der hellsten Stelle, befindet sich das Arbeitszimmer des Meisters. In der Ecke eine Holzplatte im Halbrund. Die habe ich mir ausschneiden lassen und selbst angebracht. Sie dient mir als Schreibtisch.
Auf dem Tisch liegen zahlreiche Bleistifte, eine Lupe, ein Fernglas und der Fotoapparat. In Reichweite einige Nachschlagewerke, Atlanten und Klassikerausgaben. Und dann zeigt er mir voller Stolz seinen Zettelkasten. Meine eigene Erfindung. *Man sieht* Holzkästen voller beschrifteter Zettel und Karteikarten.

Es ist eine mühselige Arbeit. Hier konzentriert sich mein gesamtes, über Jahrzehnte angesammeltes, exzerpiertes, bearbeitetes und durch ein kompliziertes Chiffriersystem verknüpftes Wissen. Die Systematik verrate ich nicht. Sie hat sich im Laufe der Jahre immer weiter entwickelt und ausdifferenziert. Selbst wenn ich sie Ihnen

erklärte, würden Sie sie wohl kaum verstehen.

Nachdem er mir das Haus gezeigt hat, lädt er
mich zu einem Spaziergang ein. Das karg be-
wachsene Grundstück wird am hinteren Rand von
einer Art Schutzwall begrenzt. Von dort aus schaut
man über eine weite Weidelandschaft. In der Nähe
befindet sich ein kleiner Aussichtsturm.

Von hier aus habe ich viele Fotos gemacht; oft schon am frühen Morgen, wenn
der Nebel aufsteigt. Aber auch zu jeder anderen Tageszeit. Die Fotos regen mich gelegentlich zu Schreibmotiven an und stellen
eine gute Gedankenstütze dar.

Mir fiel auf, dass es bei Ihnen sehr verdichtete
Landschaftsschilderungen gibt. Etwa im ‚Abend mit
Goldrand', wo sie viele Kapitel damit einleiten. Dadurch schaffen Sie eine Atmosphäre, die auf den
weiteren Text ausstrahlt. Das fand ich sehr ungewöhnlich und wüsste nicht, bei wem ich dergleichen schon einmal gefunden habe.

Es wundert mich, dass Ihnen das aufgefallen ist. Viele lesen darüber hinweg. Heut-
zutage erwarten die meisten Leser eine
‚Handlung' oder ‚Spannung'. Aber das alles

gibt es bei mir nicht. Ich konzentriere mich auf das Wesentliche, und das liegt in den Dingen selbst, nicht im äußerlichen Handlungsablauf.

Und dennoch erfährt man bei Ihnen viel über die Welt; über die ‚Innenwelt der Außenwelt' gewissermaßen. Daher liebe ich Ihre Naturschilderungen. Es sind ja oft nur wenige Zeilen, aber diese sind voller Poesie. Sie erzeugen eine bestimmte ‚Stimmung' bei mir.

Ich bemerkte, dass er kurz zusammenzuckte, als ich von ‚Stimmung' sprach. Daher fuhr ich fort:

Mit ‚Stimmung' meine ich natürlich keine Gefühlsduselei, keine billige Heimatromantik. Ähnlich wie lyrische Texte oder eine bestimmte Musik berühren Ihre Naturschilderungen etwas in mir, das ich kaum benennen kann.. Sie sind für mich die reinste Poesie. Sich auf diese Weise Ihren literarischen Texten zu nähern, könnte eine Möglichkeit sein, die Distanz zu den Texten zu verringern und eine vorgespiegelte Rationalität des Textverstehens zu unterlaufen.

Ihre Texte bewirken bei mir eine Art ‚gegenintuitives Denken', denn was uns zuerst auf das Potential einer Landschafts- oder Naturschilderung aufmerksam macht, ist oft eine ‚Irritation' oder. die Faszination eines einzelnen Wortes oder Details,

die einen bestimmten Ton oder Rhythmus erzeugen.
Neben dem ‚Staunen' über Ihre Fabulierkunst beschleichen mich oft auch melancholische Gefühle, weil ich mir klar mache, dass die ‚Landschaften', die Sie schildern, irgendwann verschwunden sein werden.

Er hörte meinen Ausführungen interessiert zu und meinte schließlich:

Ich teile diese Vorliebe für Landschaften, versuche aber, durch eine verdichtete, manchmal gar existenzialistische Darstellungsweise einen gewissen ‚Gefühlsüberschwang' zu konterkarieren, indem ich mich geradezu körperlich auf sie einlasse. Vielleicht führt das zu den von Ihnen erwähnten ‚Irritationen'. Einige Kritiker werfen mir ja vor, meine Art zu schreiben sei ‚exaltiert', ‚spleenig' oder gar ‚schrullig'. Vor allem aber werfen sie mir vor, bei mir gäbe es keine ‚Handlung' oder ‚Spannung'. Alles plätschere irgendwie beliebig vor sich hin. Insofern freut es mich, dass Sie auf meine doch recht spärlichen Landschaftsschilderungen hinweisen.

Landschaften verdienen meines Erachtens ungleich mehr Beachtung als die Aus-

sagen und Handlungen von Akteuren. Sie sind das Bleibende; demgegenüber sind Worte und Handlungen relativ beliebig. Gleichwohl habe ich mich oft gefragt, warum man überhaupt Landschaften darstellen sollte. Sie sind doch schon ,da'. Warum sollte man sie noch eigens beschreiben?

Aber Sie haben recht: eine Landschaft erzeugt diese schwer benennbaren ,Stimmungen' in uns. Wir werden an etwas erinnert, das tief in uns schlummert und dessen wir uns kaum bewusst sind. Das können Sehnsüchte, Traumbilder oder auch Ängste sein. Es ist ein Vorgang, den man kaum steuern kann. Es ist, als würde eine Melodie in uns aufsteigen, die wir noch nie gehört haben, die uns aber dennoch bekannt vorkommt.

*

Ich wusste aus meiner Lektüre, dass er sich stets vehement gegen die Vorherrschaft der sogenannten *,Handlungs- und Spannungsliteratur'* gewandt hatte.
Ich hatte mir vorgenommen, ihn darauf anzusprechen und sagte: *Ich finde es erstaunlich, dass es in Ihren Texte kaum ,Handlungen' gibt, sie aber dennoch reich an Erfahrungen sind und man viel über die Welt erfährt.*

Ich unterscheide zwei große Literatur-Richtungen: Die eine, die sich vordrängt mit dem Geschrei nach Handlung und Aktion, wo es im Getümmel nur so qualmt, wo man brüllt und herumfuchtelt, wo ständig Abenteuerliches und Unerhörtes geschieht: Morde oder Kämpfe um ein Weib. Schriftsteller, die so etwas schreiben, bezeichne ich als ‚Handlungsreisende'.

Dann stehen Sie in einer Reihe von Schriftstellern, bei denen die Fabel nicht aus Taten und Handlungen, sondern aus Reflexionen, Zuständen, Denkweisen, Funktionen und Befindlichkeiten besteht?

In der Tat. Bei mir gibt es keine ‚Handlung' im eigentlichen Sinne. Handlungen bestehen mehr oder weniger aus willkürlichen Konstruktionen; sie können so oder so ausgehen, wie der Autor es eben haben möchte. Sie haben keine ‚existentielle Bedeutung', wie ‚Landschaften' sie besitzen, denen man sie ‚ablauschen' muss.

In der Wirklichkeit ‚geschieht' doch viel weniger, als die Liebhaber von Handlungsromanen uns glauben machen wollen. Das Leben besteht vielmehr aus den bekannten kleinen Einförmigkeiten. Ich lehne die artfremde klappernde Handlung ab, die Lüge der ‚Aktiven', dass vom Menschen und durch sie stets planvolle und bedeutsame Aktionen ausgehen. Diese Art der Literatur entspricht nicht der Realität.

Um der Wahrheit willen verweigere ich mich der Fiktion pausenlos aufgeregter Ereignisse. Dagegen würde ich mich als ‚extremen Realisten' bezeichnen, der versucht, in seiner Denkweise, Sprache und Architektonik radikal ‚bei den Sachen' zu bleiben, wie ein Phänomenologe das genannt hat. Auf diese Weise versuche ich, zum Kern der ‚Sache' vorzudringen. Das kann durchaus gepaart sein mit einer für den oberflächlichen Beurteiler befremdlichen ‚Handlungsleere'.

Im Laufe des Gesprächs erzähle ich ihm, dass ich die meisten seiner Bücher gelesen hätte, aber es mir schwerfallen würde, über sie zu reden. Dennoch sage ich:

Man muss sich ganz auf Ihr Erzählen einlassen und ‚mitgehen'. Dann kommt man wie von selbst in den ‚Rhythmus', und das macht den Reiz Ihrer Literatur für mich aus. Abgesehen davon, dass es eine ‚reflexive' Literatur ist, die zum Nachdenken anregt; über die großen, aber vor allem auch über die kleinen und kleinsten Dinge.

Über einige seiner Bücher hätte ich geschrieben, aber reden könne ich darüber nicht. Um der Peinlichkeit einer Nachfrage zu entgehen, sage ich ihm, dass ich nur für mich schreibe; einfach, um mir über das Gelesene klar zu werden. Zu meiner Erleichterung fragt er nicht weiter.

Der Nachtwanderer

Wir hätten uns schon früher über den Weg laufen können. Wir wohnten nur einige Straßenzüge voneinander entfernt. Er war nur zwei Jahre vor uns mit seiner Familie in den Stadtteil gezogen. Ich hörte erst viel später von ihm und erfuhr, dass er spätabends oft noch einen Rundgang durch das Viertel macht. Bei einer dieser Gelegenheiten begegnete ich ihm, und wir kamen miteinander ins Gespräch.

Wenn ich meine Arbeit beendet habe, mache ich meist noch einen Spaziergang durch mein ‚Revier', um mich zu bewegen und durchzuatmen. Vor allem versuche ich mich von den Gedanken und Phantasien zu lösen, die mich den Tag über beschäftigt haben. Ich verlasse gewissermaßen das ‚imaginäre Szenarium' und nehme Verbindung zur ‚Wirklichkeit' auf.

Ich sagte ihm, dass ich ganz in der Nähe wohne, es mich aber noch nie hierher verschlagen hätte.

Das verstehe ich. Als wir seinerzeit in den Stadtteil zogen, war in dieser Gegend nicht viel los. Die meisten Geschäfte und Lokale befanden sich weiter stadteinwärts. Hinzu kam, dass die Gegend einen ,schlechten Ruf' hatte. Nachts patrouillierten hier die Prostituierten. Eine Domina hält hier immer noch Hof. Gleich da vorne an der Ecke.

Damals gab es hier noch etliche Baulücken und Grünflächen. Man konnte direkt in den Park gehen oder runter zum Rhein. Die Kinder spielten auf der Straße, da es wenig Verkehr gab. Das alles hat sich in den letzten Jahren stark verändert. Heute zählt die Gegend zu den begehrtesten Wohngebieten der Stadt. Mit allen Vor- und Nachteilen, die das hat. Gerade an den Wochenenden fallen die ,Kneipentouristen' hier ein, die meist aus dem Umland kommen und hier ihr Vergnügen suchen. Dann sind die Kneipen übervoll und der Lärmpegel steigt. Ich weiche dann in die Nebenstraßen aus, wo es ruhiger zugeht.

Wir waren ein stückweit gegangen, als er vor einem Schaufenster stehen bleibt. Auf einem Monitor sieht man einen Karatekampf, auf dem ein Mann sich gegen drei Angreifer zur Wehr setzt. Fasziniert schaut er auf den Bildschirm. Ich merke, wie es in ihm ,arbeitet'. Nach einer Weile wendet er sich mir wieder zu und meint:

Soeben habe ich beim Anblick des Kampfes die Lösung für ein Problem gefunden, an dem ich mich heute abgemüht habe. Jetzt weiß ich, wie die Handlung weitergehen könnte. So ist das oft. Sobald ich an einem Thema arbeite, macht das Viertel mir seine Vorschläge. Oft sind es ganz unauffällige Dinge: eine leere Telefonzelle; das Flackerlicht einer defekten Straßenlaterne; ein regennasser Baumstamm oder die Fassade eines Hauses. Und natürlich lese ich in den Gesichtern der Passanten. Plötzlich erinnern sie mich an jemanden, den ich vor langer Zeit gekannt habe oder an eine Figur, die mich gerade beschäftigt. Natürlich ist das Viertel unschuldig an meinen ‚Phantasien', aber es schiebt mir ständig neue Motive zu.

Dann gelingt es Ihnen wohl kaum, einmal richtig ‚abzuschalten', wie man so sagt. Ich stelle mir vor, dass ein Schriftsteller wie Sie ständig auf der Suche nach Bildern oder Wörtern ist, die er für sein Schreiben verwenden kann. Eine reizvolle, aber auch anstrengende Tätigkeit.

So ist es in der Tat. Wenn ich vorhin sagte, ich versuche, mich nach getaner Arbeit *von meinen Gedanken und Phantasien zu lösen, so ist das mehr oder weniger ein frommer Wunsch. Wie Sie sehen, strömen ständig neue Eindrücke auf einen ein, die mich zwar ablenken, aber stets auch neue Impulse in Gang setzen. Eine zeitlang führte dies dazu, dass ich nicht einschlafen konnte, weil es ständig in mir weiter rumorte. Jetzt gelingt es mir besser, aber eine ideale Lösung habe ich noch nicht gefunden. Manchmal kommt mir das Ganze vor wie eine ,sanfte Kopfmassage'. Ich versuche, mich müde zu laufen und darauf zu warten, dass der Körper irgendwann sein Recht einfordert.*

Er erzählt, dass er mittlerweile einige Leute vom Sehen kennt oder besser gesagt: sie kennen ihn. Einige grüßen ihn, und er grüßt ein wenig ,schulbewusst' zurück, weil er sich nicht erinnert, ob er sie nicht vom Namen her kennen müsste. Ihm ist es ganz recht, wenn sie ihn nicht ansprechen. So kann er seinen Gedanken weiter nachhängen.

Einmal sei es vorgekommen, dass er im nahegelegenen Park mit einem Besucher ins Gespräch gekommen ist. Dieser setzte sich zu ihm auf die Bank und fragte ihn, ob er Interesse an einigen seiner Sakkos habe. Er besitze etwa fünfzig davon und einige von ihnen habe er noch nie getragen. Ich hätte in etwa seine Größe, meinte er und es würde ihm eine Freude machen, wenn ich sie mir einmal anschauen würde.

Vielleicht hatte er mich wegen meines etwas abgetragenen Jacketts angesprochen. Vielleicht suchte er auch einfach nach einem Anknüpfungspunkt, um mit mir ins Gespräch zu kommen. Ich erinnerte mich daran, dass ich ihn schon des Öfteren allein auf einer Bank sitzend gesehen hatte. Er nannte mir seine Adresse, und tatsächlich habe ich ihn einige Tage später aufgesucht. Natürlich interessierte ich mich nicht für die Sakkos. Aber ich konnte ihm seinen Wunsch nicht abschlagen und suchte ihn eines Tages in seiner Wohnung auf.

Ich staunte nicht schlecht. Er zeigte mir seinen Kleiderschrank und dort hingen sie: Sakkos ohne Ende und alle von bester Qualität. Er bat mich, einige davon anzuprobieren und in der Tat: sie passten wie angegossen. Um ihm einen Gefallen zu tun, suchte ich mir zwei Sakkos aus und nahm sie mit. Getragen habe ich sie bisher nicht, aber ich hatte das Gefühl, ihn damit glücklich gemacht zu haben.

Nachdem wir eine Weile umhergegangen waren, lud er mich zu einem Bier ein. Wir setzten uns in eine Kneipe, in der es relativ ruhig war, so dass man sich unterhalten konnte.

Bevor wir unsere Wohnung in diesen Stadtteil fanden, haben wir mehr oder weniger in Provisorien gelebt. Sie müssen wissen, dass ich eine Familie habe, so dass es schwierig für mich war, einen Platz zum Schreiben zu finden. Oft schrieb ich bei Freunden und Bekannten, wenn diese ihrem Beruf nachgingen oder sich im Urlaub befanden. Oder ich setzte mich in Cafés und versuchte dort, zu schreiben. Nebenher hatte ich anfangs noch einen Teilzeitjob als Lektor. Mit dem Verlag war vereinbart, dass ich drei Tage in der Woche für den Verlag und in der restlichen Zeit für mich arbeiten konnte.

Ich fragte ihn, ob es ihm nicht schwer gefallen sei, parallel an den fremden und eigenen Texten zu arbeiten.

Das war eine der Schwierigkeiten. Das Schlimmste war, wenn ich Texte zurückweisen musste, weil sie nicht gut genug waren oder nicht ins Verlagsprogramm passten.

Als Lektor können Sie nicht allein nach literarischen Qualitätskriterien oder eigenen Neigungen urteilen. Im Hintergrund lauert immer der ‚Markt' mit seinen anonymen Gesetzmäßigkeiten.

Sicher hat Ihnen das auch manchen Argwohn seitens der Kollegen eingebracht, wenn Sie ihnen erklären mussten, warum sie ihre Texte nicht akzeptieren konnten.

Ganz gewiss. Ich habe derartige Situationen gehasst. Und es kam noch etwas hinzu: ich habe ja auch damals schon selber geschrieben und veröffentlicht. Dann war ich selbst dem Urteil anderer ausgeliefert. Kurzum: es war eine schlimme Zeit für mich, und ich war froh, als ich irgendwann aus dieser Zwangssituation herauskam.

*

Eine zeitlang hatten wir geschwiegen. Er schien seinen Gedanken nachzuhängen. Dann fragte er plötzlich ganz unvermittelt: *Darf ich fragen, was Sie so treiben?*

Ich war ein wenig in Verlegenheit und sagte ihm, dass ich gelegentlich auch schreibe, aber nur zum eigenen Vergnügen, nicht berufsmäßig. Er wollte wissen, welcher Art Texte ich schreibe, und als ich ihm sagte, dass ich auch über Literatur schreibe, merkte er auf.

Dann wäre es schön, wenn Sie einmal etwas über einen Roman von mir schreiben würden. Es würde mich interessieren, was Sie davon halten. Im Gegenzug schicken Sie mir doch einmal einen Ihrer Texte. Auf diese Weise könnten wir uns austauschen.

Mir war nicht ganz wohl bei dem Gedanken, aber schließlich war es mehr, als ich erwarten konnte. Im Stillen hatte ich mir oft gewünscht, dass jemand wie er einmal einen meiner Texte lesen und sich dazu äußern würde. Aber ich hätte ihn niemals darum gebeten.

Wir können gleich noch bei mir vorbeigehen, wenn dies kein Umweg für Sie ist. Dann gebe ich Ihnen ein Buch von mir mit, und Sie sagen mir, was Sie davon halten. Irgendwann können wir uns dann einmal zum Tee bei mir treffen und darüber diskutieren. Bei der Gelegenheit bringen Sie mir etwas von sich mit oder Sie schicken mir einen Ihrer Texte zu. Dann können wir darüber reden.

So verabredeten wir es. Er lud mich zu sich ein und zeigte mir zunächst sein Arbeitszimmer. Auf dem Schreibtisch lagen die Stapel von Manuskripten.

Wenn Sie Virginia Woolf gelesen haben, können Sie erahnen, was es für mich bedeutet hat, endlich ein eigenes Zimmer für mich allein zu haben. Sie hat ja ein ganzes Buch darüber geschrieben. Es war geradezu eine zivilisatorische Errungenschaft für mich.

Danach wollte er zunächst über meinen Text reden, was mir etwas peinlich war.

Um es kurz zu machen: Ihre Texte sind strukturiert, klar und gut geschrieben. Sie benötigen keinen Mentor und erst recht keinen Lektor. Bleiben Sie dran und entwickeln Sie sich sukzessive weiter. Ich rate Ihnen, sich Zeit zu lassen. Viele junge Schriftsteller, die ich kenne, gehen zu früh an die Öffentlichkeit. Selbst wenn es ihnen gelingt, eine gewisse Aufmerksamkeit auf sich zu ziehen, hört man oft schon nach einiger Zeit nichts mehr von ihnen. Viele resignieren, weil sie die Härte des Konkurrenzkampfes um einen Platz an der Sonne unterschätzt haben. *Das ist schon fast alles, was ich Ihnen sagen kann.*

Der Beitrag über seinen Roman schien ihm zu gefallen. *Sie kommen unmittelbar und ohne Umschweife zur Sache; direkt auf den Punkt; in medias res, wie der Lateiner sagt. Sie bemühen keine Sekundärliteratur, keine literaturhistorischen Einordnungen, und man merkt, dass Sie sich mit der Thematik auseinander gesetzt haben. Das schätze ich, zumal ich bei vielen Rezensionen im Feuilleton den Eindruck habe, dass die Verfasser oft nicht viel mehr als den Klappentext gelesen haben. Ich würde mich sehr freuen, wenn Sie weitere Texte von mir lesen würden.*

Wir trafen uns in der Folgezeit öfter und freundeten uns an. Er riet mir schließlich, meine Arbeiten an einen Verlag zu schicken. Das habe ich nicht getan. Die ,*mütterliche Kritik',* mit der er meine Texte bedacht hatte, war mir Anerkennung und Motivation genug. Vor allem aber hatte ich erstmals das Gefühl, als Schriftsteller ernst genommen worden zu sein.

Der blonde Grieche

Ich hatte schon seit geraumer Zeit nichts mehr von ihm gehört, als mich eines Tages folgender Brief erreichte.

Lieber Freund,
vorab möchte ich mich dafür entschuldigen, dass ich ohne mich bei Dir zu verabschieden, einfach abgereist bin. Mir wuchs alles über den Kopf, und mich überkam plötzlich eine Art ‚Heimweh'. Ich hatte Sehnsucht nach ‚meinen Leuten', brauchte eine Luftveränderung und Zeit zum Nachdenken.

Ein Bekannter bot mir an, sein Haus in Griechenland zu ‚hüten', da er zu Forschungszwecken an einer Expedition in die Arktis teilnehmen wollte. Das Haus liegt in der Gegend, in der ich drei glückliche Jahre verbracht habe. Ich zögerte nicht lange, und so bin ich jetzt seit etwa sechs Wochen hier. Ich habe mich bereits so weit erholt, dass ich wieder Muße und Kraft zum Schreiben habe.

Ich denke, Dir ist es zwischenzeitlich nicht so viel anders gegangen als mir, und deshalb kam mir die Idee, Du könntest doch einfach herkommen und wir würden eine Zeit hier gemeinsam verbringen. Das Haus ist groß genug. Jeder von uns kann sich zurück ziehen, wenn ihm danach ist. Und wir könnten einiges zusammen unternehmen. Die Gegend ist landschaftlich sehr reizvoll.

Gestern habe ich an einer Stelle, wo zwischen zwei Bergen die Winterwasser der Jahrtausende die Bucht in ein Stück flaches, bebaubares Ackerland aufgespült haben, auf einer Felsenmauer gesessen und lange auf ein blühendes Mohnfeld geschaut. Es lag da wie ein roter Farbteppich; jede Blüte eine durchsonnte, windbewegte Einzigartigkeit. Ich saß auf der Mauer und habe nur geschaut.

Dies zur Einstimmung. Überlege es Dir und gebe mir alsbald Bescheid.

Was gab es da zu überlegen. Ich flog nach Athen und fuhr von dort aus mit dem Bus weiter nach *Paloiókastro*, wo der Freund mich vom Bus abholte. Das Haus lag auf einer Anhöhe, von der aus man einen herrlichen Blick auf die Landschaft hat. Ich fühlte mich sofort zu Hause.

Am nächsten Tag führte mein Freund mich im Dorf herum und stellte mich seinen Freunden und Bekannten vor. Das sei hier so üblich. Auch schien er ein wenig stolz zu sein, denn er bezeichnete mich als *,Schriftstellerkollegen aus Deutschland'*. Am Abend gab es ein Begrüßungsessen, an dem etwa ein Dutzend seiner Leute, wie er sie nannte, teilnahm. Man saß unter schattigen Bäumen im Garten, genoss die aufgetragenen Speisen und trank den landesüblichen, harzig schmeckenden Wein. Bis weit nach Mitternacht saßen wir zusammen, und ich fühlte mich wohl wie lange nicht mehr.

Am nächsten Tag unternahmen wir eine Wanderung, und mein Freund zeigte mir einige Sehenswürdigkeiten der Gegend. Ich staunte, wie viel er über deren Geschichte wusste. Auch in den nächsten Tagen brachen wir zu ausgedehnten Wanderungen auf. Wegen der Hitze mussten wir früh losgehen, um gegen Mittag wieder im kühlen Haus zu sein.

Wir diskutieren viel in diesen Tagen. Zu meiner Überraschung erwies sich mein Freund als Kenner der griechischen Lyrik. Zum ersten Mal hörte ich vom Dichter *Konstantinos Kavafis*.

Ich sehe mich in seiner Tradition. Er war ein durch und durch politischer Dichter, aber keiner, der Manifeste verfasste oder agitierte, wie so viele linke Dichter. Seine Sprache war überaus ‚poetisch', was seinen Anliegen zugute kam.

Er las mir einige Gedichte von ihm vor, die mich wegen ihrer Sprachgewalt beeindruckten. Ich bat den Freund, sie mir auch auf Griechisch vorzulesen und war erstaunt, wie anders, ja geradezu melodiös und rhythmisch sie klangen. Ich dachte sofort an die Musik von *Mikis Theodorakis.*

*

An einem der nächsten Tage kamen wir auf *Hölderlin* zu sprechen. Ich hatte vor längerer Zeit seinen *Hyperion* gelesen; genau genommen kannte ich nur Teile davon. Mein Freund kannte ihn in- und auswendig.

Weißt Du, als ich nach den drei Jahren hier wieder nach Deutschland kam, habe ich mich in der ersten Zeit dort sehr einsam gefühlt. Hölderlin wurde mir zu einer Art ‚Lebenshilfe'. Ihm wurde ja oft vorgeworfen, er idealisiere die ‚griechischen Verhältnisse'. Aber wenn man einmal den Grad an ‚Verge-

meinschaftung' und ‚Gastfreundschaft' hier erlebt hat, empfindet man doch eine gewisse ‚soziale Kälte' in Deutschland.

Er zitierte einige der Texte Hölderlins aus dem Gedächtnis; ich war von der Schönheit der Sprache hingerissen und nahm mir vor, Hölderlin sobald wie möglich erneut zu lesen.

In der Nacht darauf hatte ich einen Traum. Auf einer unserer Wanderungen waren wir Hölderlin begegnet. Er sprach uns direkt an:

Wie ich hörte, seid ihr Deutsche. Hatte ich nicht schon vor langer Zeit vor ihnen gewarnt? Barbaren sind es von alters her, durch Fleiß und Wissenschaft und selbst durch Religion barbarischer geworden; beleidigend für jede gut geartete Seele; dumpf und harmonielos. Es ist ein hartes Wort und dennoch sag ich's, weil es Wahrheit ist: ich kann kein Volk mir denken, das zerrissener wäre, wie die Deutschen, Handwerker siehst du, aber keine Menschen, Herrn und Knechte, Jungen und gesetzte Leute, aber keine Menschen.

Es ist auch herzzerreißend, wenn man eure Dichter, eure Künstler sieht, und alle,

*die den Genius noch achten, die das Schöne
lieben und es pflegen. Voll Lieb und Geist
und Hoffnung wachsen seine Musenjünglin-
ge heran; du siehst sie sieben Jahre später,
und sie wandeln, wie die Schatten, still und
kalt.*

Ich erzählte dem Freund von meinem Traum. Er
sah mich nachdenklich an und meinte dann:

*Vielleicht verstehst Du jetzt besser, wes-
halb es mich immer wieder hierher zurück
zieht und weshalb Hölderlin mir eine Art
‚Wegbereiter‘ war. An ihm liebe ich diesen
gewissen ‚Überschuss an Utopischem‘, seine tiefe ‚Menschlichkeit‘, aber auch das
‚Widerständige‘. Für mich ist seine ganze
Existenz, seine Verlorenheit und Verzweiflung, ein einziger Protest gegen die sozialen
Verhältnisse seiner Zeit.*

Nachdem wir lange geschwiegen hatten, fragte
ich ihn, woran er gerade schreibe.

*Ich spreche nicht gern darüber, aber so-
viel kann ich sagen: Ich möchte ein Buch
über eine junge griechische Kommunistin
schreiben, die vor kurzem bei einem Streik
hier in der Gegend ums Leben gekommen*

ist. *Die Umstände ihres Todes sind unklar. Teilnehmer am Streik, die Zeuge ihres Unglücks waren, berichten davon, dass sie mutwillig von einem Fahrzeug der Sicherheitskräfte angefahren worden ist. Polizei und Justiz hüllen sich bisher mehr oder weniger in Schweigen und geben die üblichen Kommuniques heraus. Ich möchte der Sache auf den Grund gehen und habe begonnen, zu recherchieren. Ob daraus ein Tatsachenbericht oder gar ein Roman wird, weiß ich noch nicht. Das ist mir auch nicht wichtig. Ich möchte, dass die Wahrheit herauskommt.*

Ich denke, das ist ganz im Sinne Hölderlins, dem es ebenfalls stets um die Wahrheit ging und nicht darum, dem Zeitgeist zu frönen.

Dann wirst Du wohl noch eine zeitlang hierbleiben, denke ich.

Ja, solange, bis ich das Buch beendet habe. Mich stört es aber nicht, wenn Du hier bist. Im Gegenteil: es wäre mir lieb und hilfreich, jemanden wie Dich als Diskussionspartner an der Seite zu haben.

Ich blieb noch einige Tage, die mir unvergessen bleiben werden. Mein Freund schrieb weiter an seinem Buch und ich merkte ihm an, wie viel ihm daran lag. Für ihn war es ein Akt des Widerstands und der Solidarität.

Der letzte Landschaftsmaler

Ich hatte ihm geschrieben und eine kleine Abhandlung über sein Frühwerk beigelegt. Nach einigen Wochen antwortete er mir:

Sie bringen mich ein wenig in Verlegenheit. Ich wusste gar nicht, dass meine alten Texte noch gelesen werden. Durch ihre intensive Beschäftigung damit haben Sie sie mir wieder ins Gedächtnis zurück gerufen.

Mir ging es damals darum, die Bewegungen eines Bewusstseins durch die Wirklichkeit und deren Verwandlung in Sprache. ‚Bewusstsein': das ist meines in seinen Schichten, Brüchen und Verstörungen; Wirklichkeit: das ist die tägliche, vergangene, imaginierte.
Meine Texte enthalten nur Mitteilungen aus meinem Erfahrungsbereich; das ist die Stadt, mein tägliches Leben, die Straße, die Erinnerung. All das reflektiere ich in einer jeweils veränderten Sprechweise, die aus dem jeweiligen Vorgang kommt. So entstehen Felder; Sprachfelder, Realitätsfelder. ‚Felder' – das sind die jeweiligen ‚Wahrnehmungsbereiche', wobei jedes Feld eine andere ‚Sprachfigur' repräsentiert.

Was dabei entstand, waren sprachliche Reflexe dessen, was sich im Bewusstsein abspielte, dort im Kopf, wo sich die Phänomene des Alltags mit den Imaginationen, den Bildern der Vorstellungen und Träume mischten; die plötzlichen Augenblicke mit den Warteschleifen der Erinnerung; die Stimmen von der Straße mit den Geräuschen der Stadt; das tägliche Gerede und die öffentlichen Verlautbarungen.

Ich wendete mich mit diesen frühen Texten konsequent gegen die Vorherrschaft literarischer Konventionen, die nach meiner Auffassung aufgrund ihrer rigiden Gattungsgrenzen nicht länger geeignet erschienen, die Vielfalt, Widersprüchlichkeit und Komplexität moderner Lebenswelten zu erfassen. Ich versuchte, für die vielfältigen Erfahrungsbereiche meiner Nahwelt jeweils spezifische literarische Ausdruckformen zu finden. Roman, Erzählung, Drama, Lyrik – das waren mehr oder weniger Begriffshülsen, die kaum noch etwas darüber aussagten, inwieweit sie geeignet waren, Wirklichkeitssegmente sprachlich zu erfassen.

Für mich war entscheidend, wie im Schreibprozess selbst die Wirklichkeit oder besser: die Erfahrung von Wirklichkeit sprachlich erschlossen werden kann. Ich wollte nicht mehr der souveräne Autor sein, der die Wirklichkeit nach Maßgabe seiner selbst gesetzten Kriterien strukturiert. Diese Art Literatur hielt ich für überholt. Dagegen setzte ich ‚das Abenteuer des Schreibens‘ – ein offener Prozess, der Überraschungen nicht ausschließt und bewusst der Gefahr des Scheiterns sich aussetzt.

Aus heutiger Sicht finde ich mein ‚Schreibprogramm‘ ein wenig ‚ambitioniert‘, wenn nicht gar ‚verwegen‘. Ich unterschätzte die damit verbundenen Schwierigkeiten. Auch war es etwas zu ‚prätentiös‘. Viele Kollegen fühlten sich auf den Schlips getreten. Aber im Stillen habe ich stets versucht, meinen Intentionen treu zu bleiben.

Sie scheinen einer der Wenigen zu sein, die das erkannt haben. Es wäre interessant für mich, Sie einmal kennen zu lernen und mit Ihnen über diese Dinge zu diskutieren. Falls Sie einmal nach Odenthal kommen, melden Sie sich bei mir.

*

Natürlich ließ ich mir die Gelegenheit nicht entgehen. Ich las weitere Texte von ihm, und eines Tages machte ich mich auf dem Weg ins *Bergische*. Odenthal liegt sehr malerisch am westlichen Rand des Bergischen Landes und von Wäldern umgeben. Etwas abseits liegt der alte Bauernhof, wo mein Gastgeber mich bereits am Tor erwartete. Er führte mich über das Grundstück und zeigte mir stolz die Scheune, die er in Eigenarbeit zu einer Art ‚Atelier' ausgebaut hat; für seine Frau, die als Künstlerin arbeitet. Auch ein kleines ‚Fotolabor' gehört zur Ausstattung.

Da das Wetter mitspielte, setzten wir uns zum Kaffee in den Garten. Es war angenehm warm, und ich genoss die gute Luft. Er schien zu spüren, dass ich mich wohl fühlte und meinte:

Als wir damals das Anwesen zum ersten Mal in Augenschein nahmen, waren wir sofort begeistert. Die Stille, der Ausblick, das ganze Ambiente gefiel uns. Freunde rieten uns ab, weil sie befürchteten, wir würden uns zu sehr isolieren. Aber für uns war es genau das Richtige. Wir haben noch keinen Tag bereut, uns hierher zurück gezogen zu haben.

Ich hatte mir überlegt, worauf ich ihn ansprechen könnte, und als mir der passende Moment gekommen zu sein schien, sagte ich:

Ein Charakteristikum Ihres Schreibens ist ja die sprachliche Annäherung an die jeweilige ‚Topographie', die Sie umgibt. Einige Ihrer Texte wirkten auf mich, als hätten Sie die wahrgenommenen Fragmente ihrer Umgebung gewissermaßen wörtlich ‚protokolliert' und relativ wahllos in ‚Sprachfetzen' verwandelt.

Er überlegte kurz und meinte dann: *Mir war immer klar, dass die Ereignisse um mich herum ‚parallel' stattfinden, sprachlich aber nur in der zeitlichen Abfolge, als Aneinanderreihung von Wahrnehmungen und Ereignissen darstellbar sind. Dennoch habe ich versucht, sprachliche Ausdrucksformen zu finden, die dem unmittelbaren Erleben möglichst nahe kommen.*

Ich machte die Erfahrung: Die Gleichzeitigkeit verschiedener Vorgänge ist ‚wahrnehmbar', aber nicht ‚darstellbar'. In jeder syntaktischen Anordnung erscheinen sie immer nur als ein Nacheinander; nicht in ihren wahren Dimensionen. Gleichwohl ha-

be ich versucht, mir ein ‚Terrain' für das angestrebte ‚offene Schreiben' zu schaffen, in dem ich immer wieder neue literarische Formen erprobt habe.

Ich kann mir vorstellen, dass Ihre Hinwendung zur Lyrik diesem Vorhaben entgegen kam. Ihre Gedichte kamen mir immer vor, als seien es ‚Experimentierformen' Ihres literarischen Anliegens. In der Lyrik können Sie die ‚Sprachfetzen', von denen ich vorhin etwas despektierlich sprach, am ehesten darstellen.

Die lyrische Form ist, wenn Sie so wollen, flexibler als die formal festgelegte und etwas steife Prosa. Den literarischen Versuchen, diese gewissermaßen zu ‚sprengen', wie sie beispielsweise Joyce oder Arno Schmidt unternommen haben, sind enge Grenzen gesetzt. In der Lyrik konnte ich mich freier ausdrücken.

Wobei ja Ihre Gedichte sich durch eine sehr spezielle Form auszeichnen. Für mich sind sie eine Art ‚lyrische Prosa' bzw. ‚prosaische Lyrik'. Sie sind weniger ‚rhythmisch', sondern enthalten ein ganzes Spektrum an Wahrnehmungen: Erinnerungen; Irritationen; Frustrationen; Melancholie; Ängste und Verstörungen anderer Art. Sie bilden ein ganzes

,Kaleidoskop' von Lebenserfahrungen ab, die immer auch eine biografische bzw. geschichtliche Dimension haben.

Das sehen Sie richtig, und einige dieser literarischen Experimente haben mich dazu angeregt, mich dem ,Journalschreiben' zuzuwenden. Auch diese Form kommt meinem Anliegen entgegen, die Dinge so darzustellen, wie ich sie erlebe. Ich habe mich einmal selbst als ,Fanatiker des Authentischen' charakterisiert. Anders als der Roman-Autor, der von der Position des Wissenden aus schreibt, so als sei die Welt überschaubar wie ein weißes Blatt Papier, das er beliebig füllen kann, kommt es mir darauf an, meine Erfahrungen möglichst präzise zu rekonstruieren. Mein Credo lautet: ,Schreiben vom Prozess der Erfahrung erfordert ein wiederholtes Zurückgehen auf die präsentische Situation des Schreibenden; jeder Fortsatz muss ins Offene führen und sich offen halten für überraschende Wendungen.

Ich denke, dass Ihr Anliegen, den ,Prozess der Erfahrung' in Sprache zu übersetzen, sich vom bloßen Abbilden des ,Erlebten' unterscheidet.

Ja, der Begriff der ‚Erfahrung' ist von dem des ‚Erlebens' zu unterscheiden. Erfahrungen resultieren aus der reflexiven Verarbeitung von Erlebnissen. Insofern ich den Prozess der Erfahrung sprachlich rekonstruiere, reflektiere ich das Erlebte noch einmal und reduziere es auf die wesentliche Sprachform. Es geschieht das, was man als ‚methodische Verdichtung' bezeichnen könnte.

Dabei fungiert das wahrnehmende Subjekt als Medium zwischen Sprache und Wirklichkeit. Es ist das Ich, das wahrnimmt, erfährt, unternimmt, redet, treibt, auflöst, verlässt, verschluckt, vergisst, heißt es an einer Stelle in den ‚Feldern'.
Das heißt: Der Autor empfängt die Impulse seines Schreibens aus einem ‚inneren Ressort', in dem das gegenwärtig Wahrgenommene, die Projektionen der Phantasie, die eigene Geschichte, das Erinnerte, die Orte, in denen er gelebt hat und lebt sowie die Bedingungen seiner Existenz ihren Niederschlag finden.

Entscheidend ist, was in den Momenten des Schreibens, der Schreibende in seinem Bewusstsein wahrnimmt, und zwar innerhalb des Zusammenhangs, der in den Momenten des Schreibens entsteht. Dieser Zusammenhang entsteht durch den Rückbezug des Ichs auf sich selbst und seine Umgebung sowie der sprachlichen Ausdrucksmöglichkeiten, die stets reflektiert, überprüft und angezweifelt werden. Man könnte von permanenten ,Bewusstseinsschüben' im Schreibprozess selbst sprechen, die sich offen halten für Veränderungen.

Insofern ist das Journalführen, wie Sie es verstehen, etwas anderes als das übliche Tagebuchschreiben, das die Ereignisse mehr oder weniger ,buchhalterisch' festhält. Mir fiel auf, dass viele Ihrer Texte unverkennbare autobiographische und oft auch historische Bezüge aufweisen; aber alles Datierbare, Lokalisierbare, ja Private stets nur der Ausgangspunkt für die sprachliche Konstruktion von ,Erfahrungsmustern' ist. Ihre spezifische Form des Journalschreibens, lässt sich meines Erachtens auch an Ihrem Verständnis von ,Ort und Zeit' demonstrieren, denen ganz bestimmte Funktionen zukommen.

An Orten und Umgebungen interessiert mich vor allem, was sie in mir auslösen. Sie bestimmen die unmittelbare Gegenwart dessen, was vergangen, erdacht, möglich, *anwesend und augenblicklich wirksam ist. Das heißt: Der Ort kann konkret in Erscheinung treten oder eine Synthese aus Erinnerungen oder Imaginationen sein. Immer aber bleibt das Ich mit seinen gegenwärtigen Bedingungen das Medium. Dessen Bewusstsein erfährt die Wirklichkeit des Ortes als Objekt der vergangenen bzw. vergehenden Zeit.*

Dazu ein Beispiel: Ich kenne diese Straße seit langem, aber als Impuls für meine Einbildungen wird sie zu einer Straße, auf der einst etruskische Händler ankamen, mit ihren Töpfen, Bronzen, Waffen. Es ist dieser Vorgang, der die Dimension der Zeit in eine bestimmte Form der erfahrbaren Wirklichkeit verwandelt und diese Transformation wird gewissermaßen in den Schreibprozess hineingenommen. Neben dem Umgang mit Ort und Zeit zeigt sich, dass die Darstellung assoziativer Wahrnehmungen immer wieder reflexiv gebrochen wird. Aber anders als im Film oder in einer Fotoreihe wird alles ‚schön der Reihe nach‘ erzählt.

*

Ich vermute, dass Sie das dazu geführt hat, ein weiteres interessantes Experiment zu wagen: Sie haben sich der Fotographie zugewandt. War es der Versuch, die Grenzen des Sprachlichen zu erweitern?

Ganz sicher hat es mich gereizt, diese und jene Sache einfach zu fotografieren, festzuhalten und mitzunehmen als ‚Bild'. Aber ich denke, dass Fotos vor allem das Entdecken und das Warten auf den richtigen Moment dokumentieren. Ich habe in dieser Phase ‚Foto-Folgen' produziert und ihnen Titel beigegeben, die sich wie Sätze einer noch ungeschriebenen Prosa lesen.

Oft schreibe ich über Dinge, die mir bei Spaziergängen in der näheren Umgebung auffallen, während ich Häuser, Himmel, Wasser, Straßen oder Landschaften sehe. Solche Objekte kommen auch in meinen Fotografien vor, aber dabei geht es mir nicht so sehr um die Objekte selbst, sondern eher um das, was man ‚die Bewegung hin zu einem Objekt' nennen könnte. Was ich dabei empfinde, versuche ich zu schildern: als Vorgang, der sich im Zeitablauf vollzieht. Das kann eine Erinnerung sein oder das Nachdenken über ein historisches Ereignis.

Dann dient Ihnen das Fotografieren nicht nur dazu, bestimmte Ereignisse zu fixieren, um sich später damit auseinander zu setzen, sondern als Aus-
löser von Schreibimpulsen. Inwieweit wirkt sich
dieser Vorgang auf die formalen Aspekte und die
Art Ihres Schreibens aus?

Welche Bedeutung die Fotografie für mein
Schreiben hat, darüber habe ich in meinem
Buch ,Ende der Landschaftsmalerei' reflektiert. Da heißt es sinngemäß: ,Mit dem Fotografieren hat das Schreiben eigentlich
erst angefangen. Während ich mich mit den
Bildern einer Landschaft beschäftigte, kamen zugleich die Wörter wieder über die
Landschaft, über ihre Veränderungen, über
das Ende der Ruhe und Schönheit einer
Landschaft'.

Insofern können Sie ,Das Ende der Landschaftsmalerei' als lyrische Kontextualisie-
rung des fotografischen Mediums ansehen.
Auf den Fotos sehen Sie, wie es einmal war;
aber Sie sehen nicht, wie etwas entstanden
ist und was es einem bedeutet. Dies darzustellen, ist dann die Aufgabe des Schriftstellers.

Sie müssen wissen: eigentlich wollte ich ‚Landschaftsmaler‘ werden, aber mir fehlte das Talent dazu. Deshalb sagte ich mir: ‚Dann erfinde ich eben Landschaftsbilder in der Poesie und lass die dabei entstehenden Bilder erzählen‘. Solange es noch Landschaften gibt, über die erzählt werden kann.

Die Verzweifelnde

Sie hat wohl den ambitioniertesten Versuch unternommen, den ambivalenten Zumutungen der Moderne literarischen Ausdruck zu verleihen. Sie experimentierte mit literarischen Formen, mit denen sich die *Gleichzeitigkeit* der schier unermesslichen Eindrücke und Erfahrungen, die das moderne Individuum zu überfordern und zerreißen drohen, darstellen lässt. Sie suchte nach einer Erzähltechnik, die es ihr ermöglichte, sich der Logik des gewohnten Zeitempfindens zu entziehen.

Wie Joyce im *Ulysses,* wählt sie in ihrem Roman *Die Wellen* als ordnendes Strukturprinzip den Ablauf eines einzigen Tages. Sie schildert einen Tag am Meer, von Sonnenaufgang bis -untergang. In den Ablauf dieses Tages flicht sie sechs innere Monologe dreier Männer und Frauen ein, die ihre Lebensgeschichte von der Kindheit bis zum Alter reflektieren. Unterbrochen werden die Monologe der Protagonisten von neun kursiv gedruckten kurzen Naturbetrachtungen, in denen sich die Darstellung des Rhythmus der Jahreszeiten mit visionären Phantasiebildern vermischt. In diesen Einschüben taucht dann auch immer wieder das Wellenmotiv auf – als Symbol für die monotone Wiederkehr des ewig Gleichen und das Vergehen der Zeit. Die Monologe der sechs Protagonisten enthalten Reflexionen über sich selbst, den Sinn des Lebens und das Konzept der Welt, worin sie schicksalhaft eingewoben sind.

Könnte man sagen, dass es weniger Handelnde als Denkende sind? Auf mich wirkt ihre Individualität seltsam unbestimmt. Selbst ihre Sprache ist überwiegend stereotyp. Als würden sie ihre Lebensträume zu Protokoll geben. Zwar unterscheiden sich die Figuren durch ihre Motive und deren Interpretation; aber recht eigentlich findet unter ihnen keine Kommunikation statt.

Ja, es sind sensible, reflektierende Menschen, die immer ein wenig neben sich stehen und leidenschaftlich nach einem Lebenssinn suchen, Menschen, die nach Selbstvollendung streben. Mir kam es darauf an, keine allzu plastischen Figuren zu schildern, sie nicht naturalistisch oder abbildhaft darzustellen, sondern mit ihren verschiedenen Lebensstimmungen und Geisteshaltungen. Die inneren Monologe der Personen unterscheiden sich nicht im sprachlichen Ausdruck, sondern sind alle in derselben erlesenen und schwelgerischen Sprache formuliert.

Irgendjemand hat einmal gesagt, Sie ließen ihre Personen sprechen, als gäben sie ein ‚Kammerkonzert'. Jeder spielt, mal für sich, mal als Antwort auf die Anderen.

Das ist gut beobachtet. Es handelt sich in der Tat um eine Art ‚Gedankenmusik', aber es ist immer eine poetische, geschmeidige, zugleich sinnliche und spirituelle Sprache, derer sie sich bedienen.

Jede Person reflektiert auf die andere aus der jeweils eigenen Perspektive, wobei deutlich wird, dass sich einige von ihnen näher stehen als andere. Sie sehnen sich nach dem gemeinsamen Erleben, auch nach Nähe – wissen aber gleichzeitig um die Vergeblichkeit ihrer Bemühungen. Ihre Einsamkeit erscheint wie eine undurchdringliche Hülle, aus der es kein Entrinnen zu geben scheint. Sie streben nach Gemeinschaft und spüren doch die Bürde des individuellen Lebens: und so kreisen ihre Reflexionen um Einsamkeit, Identität und die Sehnsucht nach der Nähe der Freunde.

Sie konfrontieren die verzweifelte Suche nach subjektiver Identität kompromisslos mit den Widerständen der realen Welt, wie sie Ihren Figuren in den Routinen und Abnutzungserscheinungen des Alltags begegnen. Ich vermute, dass es auch Ihre eigenen Erfahrungen sind, die hier geschildert werden.

Es ist insbesondere der Erfahrungsraum der Großstadt, durch den ich mich zu einer kritischen Auseinandersetzung mit dem modernen Leben herausgefordert sah: die überbordenden Reize; der Lärm; die Hetze; die Hässlichkeit; die Zerfaserung der Wahrnehmung – das alles führt zu einem Chaos an Eindrücken, ja zu ‚Schockerfahrungen‘, die der Mensch kaum noch verarbeiten kann. Diese Härte der neuen städtischen Tatsachen wollte ich so schonungslos wie möglich darstellen. Sie führen letztlich zu einer ‚Depersonalisierung des Ichs‘, der ich nachspüren wollte. Die Großstadt scheint die Menschen zu verschlingen. Zurück bleiben namen- und gesichtslose Wesen. Sie sehen sich einer ‚zerreißenden Ambivalenz‘ gegenüber, der sie nahezu schutzlos ausgeliefert sind.

Einerseits versuchen sie, den zerstörerischen Einflüssen zu entkommen und einige Schonräume für sich zu entdecken; andrerseits müssen sie sich in ihrem Alltag behaupten und dessen Anforderungen entsprechen. *Dieser Antagonismus führt zu einer Spaltung des Individuums, die kaum noch psychisch bewältigt werden kann. Diese Aufspaltung des Subjekts, die einer Subjekt-Zerstückelung gleichkommt, habe ich darzustellen versucht; dieses Hin- und Herpendeln des Ichs zwischen Verzückung und Vernichtung, zwischen Seligkeit und Finsternis. Daran wollte ich die Schwankungsbreite des modernen Ichs zeigen; den verzweifelten, wenn nicht gar vergeblichen Versuch, eine Identität auszubilden.*

Könnte man in dieser Hinsicht nicht sogar von einer Art ‚Identitätszwang' sprechen, von einer Nötigung, gegen alle Widerstände und Zumutungen der Gesellschaft ein Ich zu werden? Sie schildern ja in aller Konsequenz, was es bedeutet, eine Identität auszubilden und zu behaupten, obwohl der gesellschaftliche Kontext die Entwicklung einer freien Individualität gar nicht zulässt. Genau diese Unmöglichkeit spiegelt sich in den inneren Monologen der Figuren wider: das zunehmend verzweifelte Streben nach Selbstverwirklichung und Glück und das Versinken aller Bemühungen in der Gestaltlosigkeit der Alltagshandlungen – dieser, wie Sie schreiben, ‚ungreifbaren, unbeschreibbaren Watte'.

Auch mir gelang es nie so recht, dauerhaft im Leben Fuß zu fassen und ein zuverlässiges Verhältnis zur herrschenden Normalität zu bekommen. Für mich war der normale Alltag, das in Gewohnheiten und Automatismen sich vollziehende Leben, die Oberflächlichkeit der Wahrnehmungen, die verschwommene Unausdrücklichkeit der Gefühle, eine ständige Bedrohung und Herausforderung.

Ein großer Teil des Tages wird nicht bewusst gelebt. Man geht spazieren, isst, sieht alles Mögliche und befasst sich mit dem, was getan werden muss. An einem schlechten Tag ist dieser Anteil des ‚Nicht-Seins‘, wie ich es nenne, groß. Ja, ich erlebte solche Tage wirklich als ein ‚Nichtsein‘ und spürte, dass im Belanglosen und Alltäglichen das ‚Nichts‘ lauert, von dem ich mich bedroht fühlte.

Gegen diese existentielle Grundsituation kämpfen ja auch Ihre Figuren an, denen Sie ihre Stimme leihen. Sie wehren sich gegen die Bedingungen, die sie zu erdrücken drohen und suchen nach Momenten intensiven, bewussten Erlebens, unverstellten Sehens, sinnlicher Offenbarung – um zu spüren, dass das Leben einen Sinn hat.

Einer von ihnen sagt einmal: ‚Es gibt immer etwas, das man als nächstes tun muß. Dienstag folgt auf Montag; Mittwoch auf Dienstag. Es geht weiter, aber warum?

Ja, warum? Darauf gibt es letztlich keine Antwort. Oder anders gesagt: Jeder muss für sich versuchen, eine Antwort auf diese Frage zu finden. Ich habe versucht, diese Momente des ‚Nichtseins‘ mit Momenten ‚gelungenen Lebens‘ zu konfrontieren.

Sie schildern die inneren Gefühlslagen und Bewusstseinsströme der Protagonisten, deren Sehnsüchte, Ängste und intimsten Regungen und stellen sie den Bedrohungen durch die alltäglichen Routinen gegenüber. Manchmal lassen Sie ihnen freien Lauf; dann wiederum regredieren sie zu schwächlichen, mutlosen Geschöpfen, deren Versagungsängste sie zu zerstören drohen.

Durch diese teilweise schroffen Gegenüberstellungen schildere ich das unerträgliche Schwanken des Ichs in der Moderne. Einmal ist es omnipotent und zermalmt die Welt, dann verzieht es sich in eine dunkle Ecke des eigenen Innenraums und macht *ein kleinlautes Geständnis. Man kann sagen: Eine schon eingetretene Melancholie sucht nach einer Unterhaltung, das heißt nach ihrer Selbstauflösung.*

Das hat mich ungeheuer fasziniert: Sie erzählen gewissermaßen ,von innen und von außen'. Genauer: Es wird von inneren wie äußeren Befindlichkeiten erzählt, und zwar so, als wären auch die inneren anschaulich. Sie erzählen von der inneren Welt, als k ö n n t e man von dieser erzählen. Im Erzählfluss findet eine schier unendliche, innere Aufspaltung des Ichs statt, das doch immer nur eines will: Sich selbst als ein ,Ganzes' erleben, als ein Nicht-Aufgespaltenes.

Sehr beeindruckt haben mich auch Ihre Naturbetrachtungen, mit denen es Ihnen als hinter den Figuren agierende Erzählerin gelingt, einen unverstellten Blick auf die Dinge zu werfen; sozusagen aus der Perspektive der interesselosen, passiven, unbeteiligten Beobachterin. Dabei sind Ihnen Schilderungen von großer Schönheit gelungen – Sonnenaufgänge, der Gesang der Vögel, die Metamorphosen der Pflanzen, der Wechsel der Gezeiten – also jener Welt des Lichts, nach der sich die Menschen sehnen, um sich von den Plagen der Zivilisation zu erholen. Zwar dringen hin und wieder auch Elemente des ,Realitätsprinzips' in diese Phantasiewelt ein; aber insgesamt überwiegen doch die harmonischen Eindrücke einer gelungenen Synthese von Mensch und Natur.

Ich war seinerzeit auf Hegels Darstellung der ,sinnlichen Gewissheit' in seiner ,Phänomenologie des Geistes' gestoßen, wo er das reine, absichtslose Anschauen der Dinge, ihrer Oberfläche, ihre un- oder vorbewußte Wahrnehmung schildert. Diese Passagen haben mich damals ungeheuer angeregt. Da spricht er vom ,reinen Sein' als einem Zustand reinen Anschauens, einem von jeder bewussten Wahrnehmung und Reflexion gereinigten Moment, in welchem der Beobachter ganz in der Betrachtung der Dinge aufgeht. Diesen gleichsam paradiesischen Zustand einer ganz kindlichen, unschuldigen Betrachtung der Welt wollte ich dem Chaos einer unbegreiflichen, ungeordneten Realität entgegensetzen.

Vielleicht könnte man ,Die Wellen' als Versuch charakterisieren, durch eine Sprache der Poesie jene flüchtigen Momente des Seins zu bannen, die allem begrifflich geprägten, bewussten Ausdruck vorgelagert sind: als ganz und gar Individuelles, Zufälliges, Nicht-Notwendiges, über das noch nicht verfügt ist. Man könnte von einer ,Wahrheit des

Augenblicks' sprechen, die sich der vorschnellen begrifflichen Fixierung entzieht. Wenn Sie erlauben würde ich zur Illustration gern die folgende Passage vorlesen. Da heißt es:

,Die aufgegangene Sonne, die nun nicht länger auf einer grünen Matratze ruhte und den Blick unstet durch wässrige Juwelen schoss, entblößte ihr Gesicht und schaute geradeaus über die Wellen. Sie schlugen gleichmäßig dumpf auf den Strand. Sie schlugen mit dem Beben von Pferdehufen auf dem Rasen auf. Ihre Gischt erhob sich wie das Schwirren von Lanzen und Wurfspießen über den Köpfen von Reitern. Sie überschwemmen den Strand mit stahlblauem und diamantbesetztem Wasser. Sie rollen vor und zurück mit der Energie, der Muskelstärke einer Maschine, die ihre Kraft ausschwingt und wieder einholt. Die Sonne fiel auf Kornfelder und Wälder. Flüsse wurden blau und vielsträhnig, zum Wasserrand abfallende Rasenflächen schimmerten grün wie Vogelgefieder, das sich sanft aufplustert. Die gerundeten, gebändigten Hügel schienen mit Riemen festgezurrt, wie muskelumschnürte Gliedmaßen; und die Wälder, die stolz auf ihren Flanken sprossen,

wirkten wie die kurz geschorene Mähne auf einem Pferdehals'.

Stellen wie diese können als Ausdruck unverstellten Sehens gedeutet werden. Sie schildern diese ‚Augenblicke des reinen Seins', von denen wir gesprochen haben. Es ist, als würden Traumfetzen aneinander gereiht, denen keine unmittelbare Wirklichkeit entspricht. Gleichwohl wird in diesen Augenblicken etwas offenkundig, das trotz aller Flüchtigkeit ein Maß an Wirklichkeitsfülle und Lebenstiefe ergibt, das sich nur dem offenbart, der sich diesen Momenten ganz absichtslos hingibt.

Ich finde, man spürt nahezu körperlich, wie Sie nach einer literarischen Form suchen, die dieser Problematik adäquat ist. Dabei fällt mir auf, dass das, was wir mit dem Begriff ‚Realität' bezeichnen, selbst ‚porös' ist. Ich glaube, eine Ihrer Figuren bringt Ihr Verständnis von Realität am besten zum Ausdruck, als er sagt:

Die Wirklichkeit scheint etwas sehr Erratisches, etwas sehr Unzuverlässiges zu sein – bald findet man sie auf einer staubigen Landstraße, bald auf einem Fetzen Zeitungspapier am Straßenrand, bald als Narzisse in der Sonne. Sie beleuchtet eine Gruppe von Menschen in einem Zimmer und prägt ein paar beiläufige Sätze. Sie überwältigt einen, während man unter den Sternen nach Hause geht, und macht die stumme Welt wirklicher als die Welt der Sprache. Manchmal scheint sie auch in Formen zu wohnen, die uns zu fern sind, als dass wir erkennen könnten, welches ihre Natur ist. Aber was immer sie berührt, sie fixiert es und macht es dauerhaft. Das ist es, was übrigbleibt, wenn die Hülle des Tages in die Hecke geworfen worden ist; das ist es, was von vergangenen Zeiten und unserem Lieben und Hassen übrigbleibt'.

Gehe ich richtig in der Annahme, dass Sie den sechs Protagonisten, die in Ihrem Roman auftreten, einige Wesenszüge oder Charaktermerkmale von sich selbst verliehen haben? Für diese Deutung würde die folgende Passage sprechen, in der es heisst:

‚Die Wahrheit ist, dass ich nicht zu denen gehöre, die in einer einzigen Person ihre Befriedigung finden, oder in der Unendlichkeit. Das private Gemach langweilt mich, der Himmel ebenfalls. Mein Wesen glitzert erst dann, wenn alle Facetten vielen Menschen zugewandt sind. Sobald die ausbleiben, bin ich voller Löcher, schrumpfe zusammen wie verbranntes Papier'.

Nun, in erster Linie handelt es sich um literarische Figuren, mit allen Elementen des Fiktiven. Andrerseits komme ich natürlich nicht umhin, ihnen Erkenntnisse und Erfahrungen einzuverleiben, wie ich sie selber gemacht habe. Wenn Sie so wollen, ist alles, was ich schreibe, durch meine eigene Biographie beglaubigt. Anders geht es wohl auch nicht. Ich kann nur über das schreiben, was ich selbst erlebt und in gewisser Weise auch erlitten habe.

Am Ende bleiben die Zweifel und die Frage: Wer bin ich? Bin ich eine Einzige oder komme ich in allen meinen Figuren vor? Ich weiß es nicht. Es gibt keine Trennlinie zwischen mir und ihnen. Wenn ich meine Figuren entwerfe, bin ich sie alle. Dieser Unterschied, von dem wir so viel hermachen, diese Identität, die wir so fieberhaft suchen, wir werden sie nirgendwo finden; bestenfalls in den wenigen Momenten, die ich mit dem ‚reinen Sein' benannt habe.

Die Suche nach der eigenen Identität mündet in Resignation. Die Dinge haben

*schon lange ihre Eindeutigkeit eingebüßt.
Die Sprache erweist sich als unzulänglich,
ihre Unschuld wieder herzustellen. Dazu
bedürfte es einer Sprache, wie Liebende sie
verwenden oder einsilbiger Wörter, wie
Kinder sie von sich geben. Alles scheint gesagt; und nichts ist damit gewonnen worden.
Wie viel besser ist da das Schweigen.*

Nach all den Mühen, den Schein der Dinge zu dechiffrieren, um der eigenen Selbst-
erkenntnis willen, überwiegt die Ernüchte-
rung. Am Ende resümiert sie:

*Ich, müde wie ich bin, erschöpft wie ich
bin, und fast ausgelaugt nach all diesem
Herumschnüffeln an der Oberfläche der
Dinge, muss mich jetzt davonmachen. Der
Himmel sei gepriesen für die Einsamkeit.
Lasst mich allein sein. Lasst mich diesen
Schleier des Seins abtun und fortwerfen,
diese Wolke, die sich beim kleinsten Atem-
zug verändert, Tag und Nacht, den ganzen
Tag und die ganze Nacht.
Auch in mir steigt die Welle. Sie schwillt; sie
krümmt mir den Rücken. Welchen Feind se-
he ich jetzt auf mich zukommen? Es ist der*

Tod. Der Tod ist der Feind, aber gleichzeitig ist er die ‚Erlösung'.

Die *Zweifelnde* verzweifelte zuletzt an sich selbst. Sie schrieb vergeblich gegen den Tod an. Am Ende fehlte ihr die Kraft, dem Tod zu trotzen.

Der Ortlose

Ich lernte ihn auf einer Lyrik-Tagung kennen, auf der er einige seiner Gedichte vortrug. Seinen Texten merkte man an: das ist ein Autor, der etwas zu verarbeiten hat; der Verletzungen erlitten hat, die nicht verheilt sind; der ein Ventil sucht für die Demütigungen und Zurichtungen, denen er in seiner bisherigen Lebensgeschichte ausgeliefert war. Man spürte ständig sein Ringen um Orientierung. Der Autor kam mir vor wie ein Suchender, der zu wissen scheint, dass er nicht findet, wonach er sucht.

Wir kamen ins Gespräch, und da ich wusste, dass er in der DDR aufgewachsen war, fragte ich ihn danach.

Ja, mein Erfahrungsraum ist der Osten Deutschlands. Dort habe ich meine Kindheit erlebt; unter der geistigen Enge gelitten und versucht, den Zumutungen von Elternhaus, Schule und Behörden zu widerstehen. Seither bin ich dabei, diese Erfahrungen abzustreifen und sie möglichst vergessen zu machen. Das Schreiben soll mir dabei helfen.

In Ihrem Prosatext ‚Spiegelland' haben Sie die Erfahrungen Ihrer Kindheit und Jugend reflektiert. Es sind Zeugnisse des (Selbst)Hasses und eine einzige Anklage – insbesondere adressiert an den regimetreuen Vater, der seinem Sohn ohne jedes Verständnis begegnet und an eine soziale Umgebung, die in einer Mixtur aus Anpassung und Gleichgültigkeit die Existenz des Heranwachsenden bedroht.

Zeitweilig habe ich an Selbstmord gedacht – diesen Entschluss dann aber immer wieder hinaus geschoben. Wenigstens zwanzig Jahre alt wollte ich werden. Bis dahin galt es, zu überleben, indem man sich möglichst selbst verleugnete und unsichtbar machte.

In meinem Text heißt es:
‚Ich kann jede Stadt und jede Landschaft und jede Herkunft entschieden verlassen, denn ich verlasse immer eine Fremde und tausche sie aus gegen eine andere, unbekanntere Fremde, ich verlasse eine Stadt oder eine Landschaft oder eine Herkunft in dem Gefühl, einen Zusammenhang mit ihr leugnen zu müssen. Man musste immer wieder die Dinge verlassen, die man um sich aufgebaut hat. Man musste das Bild

verlassen, das sich die anderen von einem machen und dem man aus Gewohnheit entspricht'.

Alles abbrechen, ein anderer werden – das ist leicht gesagt, zumal, wenn einem auch die Sprache abhanden gekommen ist. Wenn die Sprache ihre Eindeutigkeit eingebüßt hat und die Begriffe das nicht hergeben, was sie verheißen. Dann werden sie zur nackten Hülse; wieder und wieder gebraucht, wiederholt, gedankenlos dahergesagt, ohne dass auch nur nach ihrem Sinn gefragt würde. Für einen Heranwachsenden, der hinreichend sensibel ist, gibt es keinen Ausweg, keine Alternative. Alles ist verbaut. Hat er die Wirklichkeit so weit durchschaut, dass ihm alles nur noch als Lug und Trug erscheint, bleibt nur eine Art innerer Emigration, Verbitterung, Verzweiflung'.

Ich muss der allereinsamste Mensch gewesen sein, der nur noch ins Verkommen und ins Nichtstun geraten wollte. Ich befand mich in einer schier unerträglichen, geisttötenden und sterbenslangweiligen Ausbildung, mit ihren Zwängen und Verlogenheiten und Anpassungsritualen. Immer wieder nahm ich mir vor, abzubrechen und umzukehren, wenn ich an der beleuchteten Aufschrift „Der Sozialismus siegt" vorbei über die Straße in die Lehranstalt lief. Diese sogenannte Lehranstalt ist eine Verhinderungsinstanz des Denkens gewesen, die aber auch jeden Ansatz von Individualität, wo immer sie möglich war, zerstörte. Zu denken war etwas Feindliches und Absonderliches und ganz und gar Schädliches, das auf verbotene Lektüre schließen ließ und bekämpft werden musste mit allen Mitteln der proletarischen Diktatur.

Und dann kam das Jahr 1989. Wie haben Sie die Zeit erlebt? Hatten Sie persönlich die Hoffnung auf Besserung?

Nur für kurze, sehr kurze Zeit konnte man hoffen, dass dieses abgestandene und heruntergekommene, kleine deutsche Land im Osten etwas hervorbringen könnte, was allein unserer Idee von einem ‚besseren Leben' entsprungen war. Es war die Hoffnung darauf, dass die Menschen einen Sinn in sich haben, deren (dessen) Text sie nur noch nicht kannten und deren Sprache sie nur noch nicht zu sprechen gelernt hatten. Gleichwohl sind sie auf die Straße gegan-

gen, zu Hunderttausenden, selbst auf die Gefahr hin, zu sterben. Sie sind auf die Straße gegangen, weil sie den Sinn in sich wahrgenommen haben und auf der Suche nach einer Sprache für diesen waren. Auf der Suche nach einem Diskurs, der die bekannten Diskurse verlässt, die Diskurse der Unterwerfung. Ich glaubte in diesen Tagen an die Anwesenheit einer Würde, die noch nicht Sprache und noch nicht Text geworden ist, aber bereits ahnbar als Sinn, der uns alle mit einander verband.

Die Zeit der Illusion währte nur kurz. Ich musste feststellen, dass es nicht gelang, eine neue Sprache zu kreieren, die Begriffe zu klären, ihnen neue Bedeutungen zu geben. Die Sprache blieb dem System der Unterwerfung verhaftet. So war diese Revolution von Anfang an zum Scheitern verurteilt.

Das Beeindruckende an Ihren Texten ist, dass sie keine abstrakten Erörterungen bleiben. Vielmehr versuchen Sie, die individuellen Voraussetzungen der historischen Umwälzung in den Blick zu nehmen. Wenn man so will: den ‚subjektiven Faktor'. Dabei wird klar, dass ein Sozialisationsprozess, der auf Anpassung und Unterwerfung be-

ruhte, nicht einfach abgestreift werden kann, auch nicht in Phasen revolutionärer Veränderung.

Ich habe versucht, durch lebensgeschichtliche Rückblenden den Grad individueller ‚Entfremdung' aufzuzeigen. Deutlich wird dabei, so hoffe ich jedenfalls, dass das aus der Notwehr geborene, aus Verweigerung und Abkehr bestehende Verhalten der Menschen bei weitem nicht ausreichte, um sich selbst, geschweige denn die Gesellschaft zu verändern. Zu tief haben sich die Spuren der Erziehung im alten System eingegraben.

Sie sind dann in den Westen gegangen, mussten (dann) aber die Erfahrung machen, dass sich auch hier für einen Schriftsteller, der noch wenig bekannt war, kaum Perspektiven anboten. Die Übersiedelung in den Westen brachte neue Probleme mit sich. Vereinfacht könnte man sagen: An die Stelle des Mangels und der Enge trat nunmehr die Überflutung mit den Reizen der Konsumwelt.

Der Reiz des Neuen war schnell verflogen. Ich sah mir die banalsten Filme an, fingerte in den allerdümmsten Zeitschriften herum, verbrachte die Tage in finsterster Geistlosigkeit und Leere und gab die letzten

*Ersparnisse aus, die ich mir mit meiner
Schreibarbeit mühsam beschafft hatte. Ich
ließ mich fallen und verführen. Ich schalte-
te, gesunken und entleert, wie ich geworden
war, sofort mit dem Erwachen den Fernseher an und döste bis zum Frühstück in die
jeweilige vollkommen geistlose Sendung
hinein, und dieses Hineindösen nannte ich
,motivierendes Wachwerden'. Ganz im
Ernst, ich wollte motiviert und produktiv,
informiert und umsichtig in den Tag kommen. Eine Werbesendung lief, schön, all
diese Neuheiten und Perfektionen, die die
Neuheiten und Perfektionen von gestern um
ein Detail übertrafen, man kann ja immer
am Laufen und Bestellen und Anziehen und
Wegwerfen sein, in Gedanken ging ich meinen letzten Kontoauszug durch, es war ein
Tag wie alle anderen, aber dann merkte ich
es irgendwann gar nicht mehr.*

*Ich blieb im Bett, solange es irgendwie
ging, und schlief, solange ich konnte. Oder
ich lag wach und schaute an die Zimmerde-
cke und dachte darüber nach, für was sich
das Aufstehen lohnen würde. Sobald ich
nachzudenken begann, war ich sehr um Ob-
jektivität bemüht, mit der ich die Vor- und
Nachteile des Aufstehens zu erwägen ver-*

suchte. Aber was ich herausfand, waren immer nur jede Menge Nachteile. In dem Schlafzimmer, das ich gleichzeitig als Arbeitszimmer nutzte, geschah tatsächlich nichts, es war ein mit Geistesprodukten angefüllter, indessen vollkommen leerer Raum geworden, den ich bald schon ehrlicherweise ‚Nichtstunraum' nannte und in dem ich oft stundenlang fast unbeweglich und gedankenlos saß.

Es gelang mir lange nicht, auch nur einen niederschriftreifen, brauchbaren Satz zu produzieren. Ich ging in verschiedene Cafés, aber diese waren dann entweder zu laut oder zu dunkel oder sonst wie unpassend. All das hinderte mich, das hervorzubringen, was ich mir als Tagespensum vorgenommen hatte: Die Würde eines einzigen, gültigen, brauchbaren Satzes hervorzubringen.

Die Begriffe gaben nicht her, was sie verhießen. Die Freiheitsversprechen erwiesen sich als leer und hohl. Es gelang mir nicht, eine Sprache für die neue Wirklichkeit zu finden. Alles schien verkehrt und blockiert; ich empfand die Wirklichkeit als ‚unaussprechbar' – als etwas der Sprache vollkommen Jenseitiges.

Ich verstand diese ganze Begriffswelt nicht. Ich verstand gar nichts. Ich war vor lauter Aufklärungsmaterial vollkommen desorientiert, alle Werbe-, Informations- und Gesetzesbroschüren, die in hohen und nicht mehr zu ordnenden Stößen meinen Schreibtisch füllten, waren mir eine einzige Desorientierung. Ich verstand alles falsch, füllte alles falsch aus, stand an den falschen Schaltern, sprach mit den falschen Leuten, stellte falsche Fragen und gab falsche Antworten.

Meine totale Desorientierung infolge des Bedeutungsverlustes der Begriffe führte zu psychosomatischen Störungen, denen mit herkömmlichen medizinischen Therapien nicht beizukommen war. Die Ärzte empfahlen einen gesünderen Lebenswandel durch Sport und Bewegung. Verboten das Rauchen und Trinken. Kurzum: sie verstanden die Ursachen meines Leidens nicht.

In meiner Verzweiflung kehrte ich an den Ort meiner Herkunft im Osten zurück und hoffte darauf, eine vertraute Umgebung vorzufinden, die mich zur Ruhe kommen ließ. Aber was ich vorfand, war eine öde, zerrissene Landschaft, die voll war von toter oder sterbender Gesellschaft, voll von toter oder sterbender Sprache, die von einer anderen toten oder sterbenden Sprache ersetzt worden war.

Wo vorher Losungen standen, gab es jetzt hastig hin geklebte Reklameschilder. Überall Frittenbuden, Plunderkisten, Billigartikel, vergoldeter Ramsch, Prostituierte, Autowracks, ohne Nummernschild, in Seitenstraßen gestellt, als wären sie schon wieder Vergangenheit; provisorische Zeltunterkünfte für Banken, Firmen und Warenketten; um mich her schien es nur noch Idioten, Spekulanten und Verbrecher zu geben.

So sah sie aus, die ‚Anschlussgesellschaft' nach der sogenannten deutschen Wiedervereinigung. Die vormalige Ödnis wurde durch eine neue ersetzt. Die alte Fremdheit durch die neue. Nirgendwo ein Ort, der einen heimisch werden ließ. Denn zusätzlich zu den neuen Umständen, die mir weitgehend unverständlich blieben, weil ich noch keine Sprache für sie gefunden hatte, krauchten einen die alten Erinnerungen wieder an, so dass der Versuch, neue, brauchbare Sätze hervorzubringen, zu scheitern drohte.

Ich war in eine Stadt zurückgekommen, die nur aus kranken Räumen bestand, ich kam in kranke Räume zurück, in denen mir nicht nur das Schreiben und Lesen, sondern auch das Sprechen und Hören unmöglich geworden war. Kranke Räume können nur Stummheit hervorbringen oder kranke Gedanken, in ihnen erscheint alles als nutzlos, unverständlich oder verlogen.

Sie sind dann in den Westen zurück gekehrt und aus dem drohenden persönlichen Scheitern wurde ein ‚Nachdenken über deutsche Zustände'. Wie ist es Ihnen schließlich gelungen, darüber ein ganzes Buch zu schreiben?

Das Schreiben ist ja eine absichtsvolle Handlung, und ich kam mir zunächst maßlos arrogant vor, so dass ich, um es einmal ganz plastisch zu formulieren, vor lauter plötzlich empfundener Scham beinahe über meine eigenen Füße gestürzt wäre. Dieses ganze selbstbedeutsame Buchgeschreibe und Perspektivgetue schien mir ein Anfall von ‚Intelligenzeitelkeit' zu sein. Ich lief Gefahr, der Krankheit, der ich zu entkommen dachte, erneut zu verfallen.

Ihr Text ‚Spiegelland' liest sich für mich wie das Protokoll eines zutiefst entfremdeten Lebens, denn der Gegenstand ist die Welt der Väter; es ist die Sprache eines beschädigten Lebens. Erst allmählich, so schien mir, gelang es Ihnen dann, sich davon zu befreien und eine eigene Sicht auf die Dinge zu richten (entwickeln).

Das überraschte mich selbst am meisten. Sobald ich ins Erzählen geriet und meine Geschichte, um sie zu verstehen, in die Vergangenheit versetzte, kam mir eine zweite und dennoch zu mir gehörende Person wie aus der Zukunft entgegen und forderte mich auf, eine andere Wirklichkeit zu übernehmen, vor der die erfahrene Wirklichkeit sich auszulöschen schien.

Um überhaupt wieder ins Schreiben zu kommen, brach ich den Versuch ab, nach einer neuen Sprache für meine Geschichte am anderen Ende der Wirklichkeit zu suchen. Ich schrieb einfach drauflos; wie man so schön sagt: ‚Ich schrieb mir alles von der Seele'. Ich schrieb mich gewissermaßen ‚frei', vor allem in meinen Gedichten. In ihnen konnte ich meine Gefühle, Zweifel, Ängste und Hoffnungen äußern, ohne für all

*das stimmige oder gar letzte Erklärungen
liefern zu müssen.*

*Eine Fortsetzung erfuhrt dieser Vorgang
erst wieder in meinem Roman ‚Ich hielt
meinen Schatten für einen anderen und
grüßte'. Ich brauchte diese zeitliche Distanz, um das Inferno der von einer Diktatur
Zermalmten zu schildern. Ich konstruierte
eine fiktive Unterwelt aus Höhlen und Röh-
ren, von wo aus die Verdammten, an sinnlosen Maschinen hantierend, hoffnungslose
Botschaften nach oben senden. Ich wechselte öfter die Perspektive: mal schilderte ich
den Dialog der Entrechteten; dann berichte-
te ich von deren Elend und wechselt hin und
wieder zum Ich. Hätte ich schon früher eine
Sprache für all das gehabt, wäre mir Vieles
erspart geblieben. So zeichnete ich gewissermaßen ‚eine Spur des Verschwindens'
nach.*

Der Eremit

Ich möchte mit Ihnen über Ihr Verhältnis zur ‚Natur', ‚Politik' und zum ‚Alter' reden. Sie selbst haben gesagt, dass diese als Referenzgrößen Ihres literarischen Schaffens gelten können; als dessen ‚Fundament', auf dem Ihre Literatur beruht. Fangen wir mit Ihren Ansichten über ‚Natur' an, die Sie, wie wir alle wohl, zutiefst bedroht sehen.

In Zeiten rücksichtsloser Industrialisierung, dramatischer Klimaveränderungen und zunehmender Versteppung ganzer Regionen, ist sie vor allem Korrektiv unserer Zivilisationsdefekte. Dabei stellt sich die Frage, für wie lange sie diese Funktion noch wird wahrnehmen können. Neben allerlei nützlichen Funktionen ist sie Gegenstand der Kontemplation und liefert mir die Motive für mein Schreiben und für meine Malerei. Gleichzeitig ist sie Spiegel der Jahreszeiten und Landschaften und Symbol der Vergänglichkeit und Wiedergeburt.

Inwieweit wurde Ihr Verständnis der ‚Natur' durch das Christentum, vor allem aber auch durch die indische Philosophie geprägt?

*Vor allem den Gedanken der ‚Wiederge-
burt' habe ich aus meiner Beschäftigung mit
indischer Philosophie übernommen. Vereinfacht gesagt liegt dem die Vorstellung eines
immer während Zyklus des Seins, eines
Kreislaufs von Werden und Vergehen zugrunde. Ein solches Denken hatte für mich
immer etwas Tröstliches. Und in den natürlichen Zyklen haben wir eine Anschauung
dessen.*

*Bäume sind für mich immer die eindring-
lichsten Prediger gewesen. Ich verehre sie,
wenn sie in Völkern und Familien leben, in
Wäldern und Hainen. Und noch mehr verehre ich sie, wenn sie einzeln stehen. Sie sind
wie Einsame. Nicht wie Einsiedler, welche
aus irgendeiner Schwäche sich davonge-
stohlen haben, sondern wie große, verein-
samte Menschen, wie Beethoven und Nietz-
sche. In ihren Wipfeln rauscht die Welt, ihre
Wurzeln ruhen im Unendlichen; allein sie
verlieren sich nicht darin, sondern erstre-
ben mit aller Kraft ihres Lebens nur das Eine: ihr eigenes, in ihnen wohnendes Gesetz
zu erfüllen, ihre eigene Gestalt auszubauen,
sich selbst darzustellen. Nichts ist vorbildli-
cher als ein schöner, starker Baum.*

Sie haben stets voller Empathie ihre Beobach-
tungen der natürlichen Abläufe in Ihrer nächsten
Umgebung geschildert; z.B. das Wachstum von
Bäumen und Pflanzen.

Man gewinnt geradezu ein persönliches
Verhältnis zu ihnen, wenn man sie selbst
gepflanzt und ihr Wachstum erlebt hat. Dazu gehört auch, dass sie im Laufe der Zeit
absterben. Von ihnen nehme ich dann Ab-
schied wie von einem nahen Verwandten.
Insgesamt sind die Erfahrungen mit der
mich umgebenden Natur wie Farbtupfer in
diesen düsteren Zeiten (wirken).

*

Auch in Ihren ‚Politischen Betrachtungen' ist Ih-
re zutiefst humanistische Weltanschauung stets
Richtschnur Ihrer politischen Einschätzungen ge-
wesen; vor allem deren oberstes Prinzip: Du sollst
nicht töten! Könnten Sie Ihr Verständnis des ‚Politi-
schen' kurz skizzieren?

Ich möchte meine Stellungnahmen zur
Politik keinesfalls als politisch im engeren
Sinne verstanden wissen; schon gar nicht
als parteipolitisch. Wenn ich meine Aufsätze
‚politisch' nenne, so tue ich dies stets in An-

führungszeichen, denn politisch an ihnen ist nichts als die Atmosphäre, in der sie jeweils entstanden.

Im Übrigen sind sie das Gegenteil von ,politisch' insofern, als jede dieser Betrachtungen den Leser nicht vor das Welttheater und seine politischen Probleme führt, sondern in sein eigenes Inneres, vor sein ganz persönliches Gewissen. Ich unterscheide mich von den Politikern aller Richtungen durchaus (dadurch), dass ich im einzelnen Menschen Bezirke anerkenne, wohin politische Antriebe und Prägungen nicht reichen. In dieser Hinsicht bin ich unbelehrbar.

Viele Ihrer Zeitgenossen haben in Ihnen stets einen ,Konservativen' gesehen, der am Herkömmlichen festhält und gesellschaftlichen Veränderungen gegenüber kritisch ist. Wie sehen Sie sich?

,Konservativ' bin ich insofern, als ich den Erhalt der Natur für die größte Menschheitsaufgabe halte. Was den Versuch gesellschaftlicher Umwälzungen angeht, vor allem wenn sie gewaltsam geschehen, bin ich mehr als skeptisch. Bisher sind ,Revolutionen' oft in ihr Gegenteil gemündet. Ein kluger Mann hat einmal gesagt: ,Bevor wir die

Welt verändern, müssen wir sie erhalten'. Dieser Ansicht würde ich mich anschließen.

Im Unterschied zu vielen Ihrer Künstlerkollegen waren Sie ein entschiedener Gegner des Chauvinismus, des überbordenden Nationalismus sowie der siegestrunkenen Kriegsbegeisterung im Vorfeld des Ersten Weltkrieges.

Viele dieser Äußerungen zum Boykott 'feindlicher' Kunst bis zum Schmähwort gegen ganze Völker, beruhten auf einem Mangel des Denkens, auf einer geistigen Bequemlichkeit.

Sie wurden wegen Ihrer konsequenten Antikriegshaltung von vielen Seiten angegriffen; ebenso wegen Ihrer Haltung gegenüber dem grassierenden Antisemitismus.

Ich habe mich bereits sehr früh gegen die blödsinnige, pathologische Judenfresserei der Hakenkreuzbarden gewandt. Es gab schon immer einen Antisemitismus, der bieder und dumm war, wie solche Antibewegungen eben zu sein pflegen. Als dann eine Art von Judenfresserei sich unter der deutschen Jugend ausbreitete, habe ich dagegen Stellung bezogen, weil der Hang, für alle

Missstände einen Teufel zu finden, sich verhängnisvoll auf das Denken der jungen Menschen ausgewirkt hat; es geradezu vergiftet hat.

Vor dem Hintergrund meiner Erfahrungen mit dem Chauvinismus vor dem Ersten Weltkrieg und meiner überzeugten Abneigung gegen den Antisemitismus habe ich den unheilvollen Charakter des heraufziehenden Nationalsozialismus bereits früh gebrandmarkt.

Interessant in diesem Zusammenhang fand ich Ihre Äußerungen zum Sozialismus.

Dazu habe ich mich vor allem gegenüber meinem Sohn geäußert, der zum Sozialismus neigte. Ich selber bin, aus guten Gründen, weder ‚bürgerlich' noch Sozialist, obgleich ich, rein politisch betrachtet, den Sozialismus für die einzige anständige Gesinnung halte. Dass ich trotzdem nicht Sozialist geworden bin, das kommt daher, dass ich die ‚geistigen Grundlagen' des Sozialismus abgelehnt habe; vor allem die Lehre von der ‚Diktatur des Proletariats'.

Und zweitens kam es daher, dass die Sozialdemokraten in der ganzen Welt ihren besten Grundsätzen längst untreu geworden waren. Vor allem hatten mich die deutschen Sozialisten enttäuscht, als sie begeistert mit in das Kriegsgeheul anno 1914 einstimmten, und als sie nachher, im Jahr 1918, die Revolution verrieten.

Obwohl Sie die politische Praxis des Sozialismus ablehnten, bekannten Sie sich doch zur Kritik an der kapitalistischen Gesellschaftsordnung, die ja immer noch Bestandteil der sozialistischen Lehre war.

Beim Stand der Dinge sah ich darin die einzige Lehre, die an den Grundlagen unsrer falschen Gesellschaft und Lebensweise wenigstens ernstlich Kritik übte. Aber ich möchte ausdrücklich betonen, dass ich nie ein Anhänger von ‚Ideologien' war; auch nicht der sozialistischen.

Sie sahen eine der Hauptursachen für den Siegeszug der Nazis in der Leugnung der Mitschuld am Ersten Weltkrieg.

Deutschland hat es vollkommen versäumt, seine ungeheure Mitschuld am Welt-

krieg und an der Lage Europas einzusehen, sich dazu zu bekennen; ohne darum zu leugnen, dass auch die ‚Feinde‘ schwere Schuld auf sich geladen hatten. Dadurch blieb die dringend notwendige moralische Reinigung und Gewissenserneuerung aus. Die harten und ungerechten Sanktionen des Friedensvertrages wurden dann dazu benützt, sich vor der Welt und vor sich selber um jede Schuld herumzulügen. Statt einzusehen, wo die Fehler und Sünden lagen, schwadronierte man genau wie Anno 1914 von der unverdienten Paria-Stellung und warf die Schuld an allem Übel anderen vor, bald den Franzosen, bald den Kommunisten, bald den Juden.

Dennoch haben Sie es stets abgelehnt, sich für politische Zwecke einspannen zu lassen, Aufrufe zu unterschreiben und dergleichen. Wie stehen Sie heute dazu?

Das mag aus heutiger Sicht ein Fehler gewesen sein, aber ich war der Meinung, dass ich vor allem durch mein literarisches Werk Stellung bezogen habe. Für die praktische Politik war ich nicht geeignet. Auch wenn meine Stellungnahmen nicht dezidiert ‚politisch‘ waren, zeugen sie doch von einer rigorosen Ablehnung bürgerlicher Moral und daraus resultierender Ordnungsvorstellungen. Da heißt es zum Beispiel:

‚H. durchlebt Tage des Seelensterbens, jene argen Tage der inneren Leere und Verzweiflung, an denen uns, inmitten der zerstörten und von Aktiengesellschaften ausgesogenen Erde, die Menschenwelt und sogenannte Kultur in ihrem verlogenen und gemeinen blechernen Jahrmarktsglanz auf Schritt und Tritt wie ein Brechmittel entgegengrinst, konzentriert und zum Gipfel der Unleidlichkeit getrieben im eigenen kranken Ich – wer jene Höllentage geschmeckt hat, der ist mit solchen Normal- und Halbundhalbtagen gleich dem heutigen sehr zufrieden, dankbar sitzt er am warmen Ofen, dankbar stellt er beim Lesen des Morgenblattes fest, dass auch heute wieder kein Krieg ausgebrochen, keine neue Diktatur errichtet, keine besonders krasse Schweinerei in Politik und Wirtschaft aufgedeckt worden ist.

Es ist eine schöne Sache um die Zufriedenheit, um die Schmerzlosigkeit, um diese erträglichen geduckten Tage, wo weder Schmerz noch Lust zu schreien wagt, wo alles nur flüstert und auf Zehen schleicht. Nur

steht es mit mir leider so, dass ich gerade
diese Zufriedenheit gar nicht gut vertrage,
dass sie mir nach kurzer Dauer unaussteh-
lich verhasst und ekelhaft wird und ich mich
verzweiflungsvoll in andere Temperaturen
flüchten muss. Wenn ich eine Weile die
laue fade Erträglichkeit sogenannter guter
Tage geatmet habe, dann wird mir in meiner kindischen Seele so windig weh und
elend, dass ich die verrostete Dankbarkeits-
leier, dem schläfrigen Zufriedenheitsgott ins
zufriedene Gesicht schmeiße und lieber einen recht teuflischen Schmerz in mir bren-
nen fühle als diese bekömmliche Zimmer-
temperatur. Es brennt alsdann in mir eine
wilde Begierde nach starken Gefühlen, nach
Sensationen, eine Wut auf dies abgetönte,
flache, normierte und sterilisierte Leben
und eine rasende Lust, irgendetwas kaputt
zu schlagen oder einigen Vertretern der
bürgerlichen Weltordnung das Gesicht ins
Genick zu drehen. Denn dies hasste, verab-
scheute und verfluchte ich von allem doch
am innigsten: diese Zufriedenheit, diese Gesundheit, Behaglichkeit, diesen gepflegten
Optimismus des Bürgers, diese fette gedeih-
liche Zucht des Mittelmäßigen, Normalen,
Durchschnittlichen'.

Wer sich mit dem Ganzen meiner Lebensarbeit befasst, der wird bald merken, dass auch in den Jahren, aus denen keine aktuellen Aufsätze vorhanden sind, der Gedanke an die unter unsern Füßen glimmende Hölle, das Gefühl der Bedrohtheit der Natur und die nahe Katastrophe des Krieges mich nie verlassen hat. Meine Werke wurden oft geschulmeistert oder belächelt und als scheinbar zeit- und wirklichkeitsferne Bilderwelt verunglimpft, aber sie sind voller Warnrufe vor den aufziehenden Katastrophen. Selbst in meinen Gedichten ist dieser Ton zu hören, wenn man denn hören will.

*

Lassen Sie uns noch ein wenig über Ihre Ansichten zum ‚Alter' reden. Auch sie haben, wie ich finde, durch ihre selbstironische und humorvolle Sichtweise auf die Plagen und Vorzüge des Alters, etwas durchaus Tröstliches.

Für mich hat jede Altersstufe ihr Gesicht, d.h.: ihre Reize, aber auch ihre Schattenseiten. Das Jahrzehnt zwischen vierzig und fünfzig ist für Menschen mit Temperament, für Künstler, immer ein kritisches, eine Zeit der Unruhe und häufiger Unzufriedenheit, wo man sich mit dem Leben und mit sich selbst oft schwer abfinden kann. Aber dann kommen Jahre der Beruhigung. Ich habe das nicht nur an mir erlebt, sondern an manchen anderen beobachtet. So schön die Jugend sein mag, es ist die Zeit der Gärung und der Kämpfe, so hat doch auch das Alt-werden und Reifwerden seine Schönheit und sein Glück.

Man hat gewisse Kindereien abgelegt und gelernt zu warten, zu schweigen, zuzuhören, auch wenn diese Gaben durch etwelche Gebrechen und Schwächen erkauft werden mussten, sind sie dennoch ein Gewinn. Sich selbst nicht mehr so ernst nehmen, einfach einmal innezuhalten im täglichen Getriebe, das sollte eine Maxime des Handelns werden. Vielleicht wird man erst im Alter ‚theorie- oder lernfähig'. Man muss Niemandem mehr etwas beweisen und kann gelassener auf die Welt schauen.

Inwieweit sind Ihre Ansichten über das Alter Teil ihrer philosophisch grundierten Weltanschauung, ihres Lebensgefühls, das u.a. durch die Bekanntschaft mit indischer Philosophie geprägt wurde?

Die indische Philosophie geht von der ‚Einheit der Gegensätze und alles Seienden' aus. Diese Sicht auf die Welt habe ich mir zu eigen gemacht; sie steht im Einklang mit meinen Lebenserfahrungen; sind Teil, wenn Sie so wollen, meiner ‚Altersweisheit'. Haben wir in jungen Jahren den Anblick eines blühenden Baumes, einer Wolkenformation, eines Gewitters heftiger erlebt, so bedarf es für das tiefere Erleben, das ich meine, des hohen Alters. Es bedarf einer unendlichen Summe von Gesehenem, Erfahrenem, Gedachtem, Empfundenem, Erlittenem, es bedarf einer gewissen Verdünnung des Lebensstromes, einer gewissen Hinfälligkeit, wenn nicht gar Todesnähe, um in einer kleinen Offenbarung der Natur das Geheimnis wahrzunehmen: die Zusammenkunft der Gegensätze, die große Einheit der Schöpfung.

Ich habe das Gefühl, mit der Reife wird man in gewisser Weise jünger, denn ich habe das Lebensgefühl meiner Knabenjahre im Grunde stets beibehalten und mein Erwachsensein und Altern immer als eine Art Komödie empfunden.

*Das ist ein schönes Schlusswort; vielleicht soll-
ten wir es dabei belassen.*

Der hessische Proust

Ich warte auf ihn in dem Café, das er schon als Schüler aufgesucht hat. Sein Gymnasium lag ganz in der Nähe. Das Café muss es schon seit Ewigkeiten geben. Er selbst hat es beschrieben:

Weil ich in dieser Konditorei jedes Mal eine Weile sitzen muss und sehen, welche Gedanken mir dort kommen und welche schon auf mich gewartet haben. Eine Konditorei wie im Jahr 1958. Plüschmöbel und Wandlämpchen und auf den Tischen Spitzendeckchen unter Glas und auch die Trockenblumengestecke von damals. Genau solche Blumenvasen und Spitzendecken hat damals jedes Kind seiner lieben Mutter jedes Jahr wieder zum Muttertag geschenkt. Und jetzt sind die Kinder groß und längst aus dem Haus. Und die Mütter meistenteils Witwen. Eine gute Rente. Und jeden Tag Obst-, Creme- und Sahnetorten zum Trost. Kaffee Hag, heiße Schokolade mit Sahne oder ein Glas Tee oder Pfefferminztee und ab und zu einen Scharlachberg, ein Likörchen. Wie kleine Silberglöckchen klingeln die Teelöffel und Tortengabeln auf dem Porzellan. Manchmal muß ich auch allein hin, damit ich mir beim Denken besser zuhören

kann, damit ich mir alles noch besser mer-
ke.

Als er eintritt, begrüßt ihn die Bedienung wie einen alten Bekannten. Eine große, schlanke Frau,
die ihn noch von früher kennt. Er schaut sich um
und kommt an meinen Tisch. Kaum sitzt er, spru-
delt es schon aus ihm heraus:

Hierher bin ich oft geflüchtet, wenn mich
der Unterricht einmal wieder gelangweilt
hat. Eines Tages bin ich gar nicht mehr zur
Schule gegangen. Ich saß dann hier am
Fenster und habe die vorbei gehenden Pas-
santen beobachtet. Auch Skizzen habe ich
von ihnen angefertigt. Das hat mich später
in meiner Vagabundenzeit, als ich mich im
Süden herumtrieb, manches Mal gerettet.
Ich habe sie verkauft und konnte davon le-
ben.

Wie sind Sie in diese Gegend gekommen. An
ihrem Akzent merke ich, dass Sie nicht von hier
sind.

Wir sind als Flüchtlinge nach Staufenberg
gekommen. Der Ort liegt ganz in der Nähe.
Dort habe ich meine Kindheit und Jugend
verbracht. Ja, man kann sagen: Von den

Menschen dort habe ich ‚leben gelernt'. Sie haben uns freundlich aufgenommen. Vor allem aber habe ich dort das Lesen gelernt. Als Kind in Staufenberg habe ich mir mit sieben-acht-neun Jahren immer alle Flüchtlingskalender in der Flüchtlingsnachbarschaft ausgeliehen. Keine Wandkalender, sondern Jahrbücher mit Bildern, Geschichten, Brauchtum, Erinnerungen. Schon auf dem Heimweg begann ich, mich auf das Buch zu freuen, und ich hoffte, dass es noch nicht zu spät zum Lesen war. Immer lag ein Buch vor mir auf dem Tisch. Und schon als Kind merkte ich mir jedes Wort. Später lieh ich mir die Bücher aus der Bücherei. Mit der Zeit hatte ich sie wohl so ziemlich alle gelesen.

Wann haben Sie selbst mit dem Schreiben begonnen? Sie haben ja später in Ihren Büchern, Ihre untergegangene Kindheitswelt immer wieder auferstehen lassen. Das hat vordergründig etwas Nostalgisches, ja Rückwärtsgewandtes, weil die Vergangenheit bis zu einem gewissen Grad immer auch verklärt wird; sie erscheint dann als ‚heile Welt' gegenüber einer ins Unübersichtliche, Entfremdete abgleitende Gegenwart, deren Zukunft man sich gar nicht ausmalen mag.

*Ich habe im Schreiben eine Art Gegen-
macht gegen die 'Furie des Verschwindens'
gesehen. Ich habe mir alles gemerkt und
wollte es für mich festhalten. Die Enge der
Wohnung, die sich beim Schreiben auf einmal zu weiten schien, wenn nach allen Seiten hin der Abendhimmel sichtbar wurde.
Und so oft es ging, träumte ich mich mit
den Wolken davon, schaute ihnen wehmütig
nach. Mit dem Schreiben wollte ich die Zeit
anhalten. ‚Wenn ich schreibe, ist immer
jetzt!', sagte ich mir.*

Ihre Texte zeugen von einer außergewöhnlichen
Empathiefähigkeit. Sie scheinen sich in alles ‚hin-
einzuversetzen'. Jedes Individuum, jede Spezies,
jede Kreatur erhält gewissermaßen ‚Subjekteigen-
schaften' und werden mit eigenen Empfindungen
und Gefühlen ausgestattet. Dies spricht neben der
Empathiefähigkeit auch für eine ungewöhnlich
ausgeprägte Phantasie.

*Das mag sein. Ich war als Kind oft allein.
Nicht einsam, aber allein. Also musste ich
mir meine eigene Welt schaffen; wenn Sie
so wollen: meine Phantasiewelt. Ein Vogel
im Wald ließ mich aufmerken. Vielleicht
fängt er zu singen an und kein anderer Vogel antwortet ihm. Er fängt noch einmal zu
singen an und kriegt einen Schreck! Weil
es so still ist, weil außer ihm niemand da ist,*

weil er merkt, dass er ganz allein singt. Als
einziger! Hat er sich in der Zeit geirrt? Ist
vielleicht die falsche Zeit? Gleich weiß er
sein Lied nicht mehr! Ein Vogel im Wald,
sage ich mir, der sein Lied nicht mehr weiß!
Und hat schon ganz vergessen, was für ein
Vogel er ist – ein Pirol, eine Drossel, ein
Kleiber? Sitzt da mit seinem Schreck und
sein Vogelherz klopft! Ganz leer ist der
Wald! Dann fliegt der Vogel weg! Mit seinem Schreck weg. So in etwa reime ich mir
das zusammen und schreibe es auf.

**Breiten Raum in Ihren Romanen nehmen die Ver-
änderungen im Alltagsleben der Menschen ein.
Das gilt sowohl für das Freizeitverhalten, als auch
für die Arbeitswelt. Für Zeitgenossen sind das Ereignisse, an die sie sich gewöhnt haben; also
nichts ‚Erwähnenswertes', könnte man meinen.
Was hat Sie bewogen, diese Veränderungen derart detailliert zu beschreiben, wie Sie das tun?**

Damals, ich spreche etwa von den 60er bis
70er Jahren, hat sich das Konsumangebot
und -verhalten der Menschen aufgrund der
sich ausbreitenden Supermärkte und Ein-
kaufszentren wie im Zeitraffer verändert.
Auch im Dorf zeigte sich das. Der ‚Tante-
Emma-Laden' machte dicht; die Bäckerei
gab es bald nicht mehr und der wachsende
Wohlstand zeigte sich in Form von Fernse-
hern, Autos, Waschmaschinen usw. Das

heißt: es kam zu erheblichen Eingriffen ins gewohnte Alltagsleben.

Die Menschen nutzen jetzt die Möglichkeit, um in den Supermarkt zum Einkaufen zu fahren; oft auch nur, weil ihre Nachbarn es schon vor ihnen getan haben. Nach und nach werden sie zu Jägern auf Sonderangebote, studieren die Prospekte, vergleichen die Preise. Und das dann jede Woche. Nach Feierabend.

Auch das Fernsehen greift empfindlich in die Gewohnheiten der Menschen ein. Es schafft nicht nur erweiterte Formen der Unterhaltung und Information, es erzeugt auch neue Rhythmen im Alltag. Beispielsweise das allabendliche Zusammentreffen der Familie zum Fernsehen im Wohnzimmer. Dieses Zimmer war vorher praktisch ungenutzt, es war das Sonntagswohnzimmer, das unter der Woche niemand betrat und im Winter unbeheizt blieb. Nun ist es ein täglich genutzter Raum geworden und hat sich zum Fernsehzimmer gewandelt.

Manchmal habe ich mir vorgestellt, ich würde ein Bild von ihnen malen. Wie sie alle dasitzen: Männer Frauen und Kinder. Jung und alt. Ein Bild wie die Kartoffelesser von van Gogh. Aber alle auf den Fernseher *schauend. Das gleiche Bild wieder und wieder.*

Sie wurden wegen Ihres ungewöhnlichen ‚Erinnerungsvermögens' vom Feuilleton einmal als ‚hessischer Proust' bezeichnet. Ehrt Sie das?

Nichts liegt mir ferner, als mich mit Marcel Proust zu vergleichen. Proust geht es darum, die ‚verlorene Zeit' seiner Kindheit noch einmal zu ‚beleben'. Mir geht es darum, meine relativ unbeschwerte Kindheitswelt mit den Veränderungen zu konfrontieren, die seither stattgefunden haben. Diese sind mittlerweile zur Alltagsrealität geworden. Aber es könnte sein, dass sie durch die Konfrontation mit den Erinnerungen an meine Kindheit irgendwann wie eine bizarre Horrorwelt erscheint, in der die Menschen ihre ‚Seinsgewissheiten' eingebüßt haben.

Würden Sie auch sagen, dass Proust sich auf ganz andere Weise erinnert als Sie? Man hat seine Art der Erinnerung eine ‚unwillkürliche Erinnerung' genannt. Wenn er sich an ein Ereignis erinnert, so hat er diese Erinnerung nicht bewusst herbeigeführt. Im Gegenteil; diese löst ganz ungewollt eine Kette von Assoziationen aus, durch die er sich oft sehr komplexe soziale Beziehungen, Gefühlslagen usw. wieder in Erinnerung ruft. Damit kommt ein Prozess von ‚Erinnerungsarbeit' in Gang, der sich immer weiter fort spinnt und eine vergangene Situation, ja eine ganze Lebenswelt erschließt.

Proust sucht nach geheimen Bedeutungen und Sinnzusammenhängen; daher ja auch der Titel seines vielbändigen Romans: er ist buchstäblich ‚auf der Suche nach der verlorenen Zeit'; d.h.: er kann die Ereignisse nicht einfach aus dem Gedächtnis abrufen. Seine Suche hat etwas Mysteriöses, Unheimliches, Angestrengtes, da er nicht weiß, was sie zutage fördert. Es kann Schmerzliches, Leidvolles, Unangenehmes sein; aber eben auch Erfreuliches; der Ausgang seines Suchprozesses ist offen.

So sehe ich das auch. Wenn gesagt wird, Proust habe ein schlechtes Gedächtnis gehabt, meint dies die Unterscheidung von ‚Gedächtnis und Erinnerung'. Das Gedächtnis ruft Details ab, die sich unmittelbar reproduzieren lassen; dazu bedarf es keiner besonderen Anstrengung. Man kann sie geradezu wortgleich immer erneut schildern; das Ganze hat etwas Routiniertes, beliebig Wiederholbares. ‚Ich weiß es noch wie gestern', sagen dann die Leute.

Erinnerungen dagegen stellen sich immer dann ein, wenn ein Sachverhalt etwas Unabgeschlossenes, noch nicht bewusst Verarbeitetes enthält, das erst noch bewältigt werden muss. Bei Proust heißt es einmal: ‚Diese verworren durcheinanderwirbelnden Erinnerungsbilder hielten jeweils nur ein paar Sekunden an; oft gelang es mir in meiner kurzen Unsicherheit über den Ort, an dem ich mich befand, nicht, die verschiedenen Momente des Ablaufs, aus denen sie bestanden, auseinander zu halten'.

Bei Proust spürt man die Mühe, die es ihn kostet, sich zu erinnern.

Erst allmählich gelingt es ihm, die disparaten Erinnerungsfetzen in eine verständige Ordnung zu bringen; und dieser Prozess ist es, der dann jene schier unendliche Assoziationskette in Gang setzt, die für seinen Roman so typisch ist.

Ihre Art und Weise, sich zu erinnern, unterscheidet sich von der Proustschen Gedächtnisprosa sehr deutlich. Sie scheinen die Ereignisse aus Ihrer Vergangenheit nahezu in jeder Situation präzise abrufen zu können: virtuos und detailgenau. Sie fächern Ihre Erinnerungen gewissermaßen auf und erzählen sie, als würde man sich auf einem

Spaziergang durch die Straßen und Wälder Ihrer Kindheit befinden. Dabei entsteht ein ganz bestimmter Rhythmus, den man besonders dann wahrnimmt, wenn man Sie davon erzählen hört; in Ihrem ruhigen, gleichförmigen Erzählton, der die Abfolge der Wahrnehmungen gleichsam mitschwingen lässt.

Mich ehrt zwar der Vergleich mit Proust, aber es gibt doch auch erhebliche Differenzen zwischen unseren Stilformen. Prousts Texte sind reflexiver; man könnte auch sagen: konstruierter und weisen einen hohen Verdichtungsgrad auf. Man könnte von einer gewissen ‚Indirektheit des Erzählstils' sprechen. Bei ihm werden die Geschehnisse durch Reflexionen immer wieder unterbrochen oder außer Kraft gesetzt.

Dagegen sind meine Texte schlichter gebaut; sie kommen meist in der Alltagssprache daher – halt so, wie man erzählt, wenn man erzählen kann. Das ist ja eine Kunst, die allmählich verloren geht. Zwar gibt es auch bei mir ‚reflexive Elemente' – sogar das Nachdenken über das ‚Vergehen der Zeit', aber diese unterbrechen den ‚Erzählstrom' nicht. Sie kommen wie nebenbei gesagt daher. In etwa so: ‚Kein Nachsommer.

Schon vier Wochen kaum je ein Augenblick Sonne. Früh der Herbst, sagt man sich. Als ob das gleich für das ganze Leben gilt. Man muss sich durch die Jahre jedes Jahr einzeln merken. Wird Zeit'. Zeit wozu, möchte man fragen. Um alles aufzuschreiben, könnte die Antwort lauten.

Man könnte also die jeweiligen ‚Erinnerungsmodi' von Proust und Ihnen dadurch unterscheiden, dass es sich bei Proust um eine Form der Erinnerungsarbeit handelt, durch die Ereignisse wieder zum Leben erweckt werden. Sie werden gewissermaßen an ihn herangetragen, so als würden sie sich ihm auch gegen seinen Willen aufdrängen.

Dagegen rufen Sie sich die Eindrücke aus Ihrer Kindheit scheinbar mühelos ins Gedächtnis zurück, und da Sie sich an nahezu alle Einzelheiten erinnern, können Sie diese auch in ganz unterschiedlichen Kontexten rekonstruieren, wodurch sie stets in einem neue Licht erscheinen.

Resümierend könnte man sagen: Proust ist der Suchende auf den Spuren einer Vergangenheit, die er sich erinnernd vergegenwärtigt, wodurch er sich in überaus komplexe Zusammenhänge verstrickt, die immer neue Facetten von Erinnerungen in ihm auslösen.

Bei Ihnen gewinnt man den Eindruck, dass Ihnen die Welt Ihrer Kindheit ständig präsent ist. Sie ist Ihnen so nah, als lebten Sie noch in ihr und würden sich wünschen, sie wäre nie vergangen.

Der Streuner

Ich erkannte die Gegend, in der wir uns verabredet hatten, kaum wieder. Vor Jahren war das ganze Bahnhofsviertel eine verwahrloste Oase des Niedergangs und der Verworfenheit. Ich sah ihn schon von weitem; er kam auf mich zu, trug einen langen, schwarzen Mantel und eine Schirmmütze. Der marmorierten Gesichtshaut sah man an, dass er es gewohnt war, bei jedem Wetter draußen zu sein.

Als wir die *Niddastraße* entlang gingen, bemerkte er: *Vor Jahren gab es hier Dutzende von Bordellen, und die Straße war bereits tagsüber voller Männer, die wie Jäger umhergingen, die nach leichter Beute Ausschau halten. An der Ecke dort gab einen Schuhmacher und etwas weiter einige Kürschnereien. Heute befinden sich hier eine Reihe ausländischer Banken. Ob das nun ein Fortschritt ist, sei dahin gestellt.*

Haben Sie sich damals in einer Ihrer Schriften auch deshalb als ‚Streuner' bezeichnet, weil Sie hier oft unterwegs waren? Oder können Sie mir den Unterschied zwischen einem Flaneur und einem Streuner erklären?

Normalerweise versteht man unter einem Streuner jemanden, der keinen festen Wohnsitz hat und ziellos von Ort zu Ort zieht. Nun ja; einen festen Wohnsitz hatte ich schon. Aber ich mochte das abseitige, etwas anrüchige Milieu. Wenn Sie so wollen, war es der Widerstand gegen die Normalität, die wohlanständige Spießbürgerlichkeit.

Oft war es aber auch die pure Langeweile, die mich hierher trieb. Das Faszinierende an der Langeweile ist ja, dass man sich in Dinge vertieft, ohne es zu wollen oder überhaupt zu bemerken. Man gerät in eine Art ‚Dauer-Tagtraum'. Der Tagtraum ist ja eine Möglichkeit, vergleichsweise unbehelligt durch widrige Zeitumstände zu kommen. Sobald wir erwachsen werden und nicht mehr ‚spielen' dürfen, müssen wir einen Ersatz finden: das Phantasieren. So ist der Tagtraum auch ein Surrogat für den Verlust des Spielens; gleichzeitig aber auch eine Brücke für die Entstehung von ‚Symbolen', mit denen wir den Verlust kompensieren. Unwillkürlich setzt man das Beobachtete in eine Beziehung zu sich selbst; zur eigenen Biographie oder wie auch immer. So gehen ‚Außen- und Innenperspektive' irgendwann nahtlos ineinander über.

Wäre für Sie nicht auch eine Bezeichnung wie ‚Flaneur' infrage gekommen? Der Flaneur gilt ja als ‚literarische Figur' der Moderne schlechthin, und es gibt eine ganze Reihe berühmter Vorbilder wie Baudelaire, Benjamin oder Franz Hesel, in deren Gesellschaft Sie sich ja vielleicht ganz wohl gefühlt hätten?

Ich war seinerzeit alles andere als eine ‚literarische Figur', die sich durch die Menge treiben lässt, mit dem Strom schwimmt und ab und zu innehält, um die Dinge und Ereignisse um sich herum zu betrachten. Daraus gewinnt der Flaneur ja seine Reflexionen: dass er seine Beobachtungen ‚literarisiert'. Er ist ein durch und durch ‚intellektueller Typ'. Beides fehlte mir: ich war weder Literat noch Intellektueller, sondern dann schon eher ein Herumtreiber. Mein Thema wurde die ‚Mittelmäßigkeit des normalen Menschen', seine diffusen Stimmungen, sein Unwohlsein, seine Unbehaustheit. Wenn Sie so wollen, ging es mir darum, die ‚Misere des modernen Menschen' möglichst präzise darzustellen, ohne jeden formalen Schnickschnack.

*Der Streuner gewinnt selbst der 'Unwirt-
lichkeit der Stadt' noch einen gewissen Reiz
ab. Er hält gewissermaßen Schritt mit der
Beschädigung seiner Umgebung oder allgemein gesprochen: der Umwelt. Und während der Flaneur mittlerweile aus der Zeit
gefallen ist, kann man den Streuner als seinen zeitgemäßen Nachfolger ansehen. Er ist
sozusagen auf der Höhe der Zeit. Ich empfand wahre 'Schauer des Unbehagens' angesichts der Verwüstungen, die von den sogenannten Stadtplanern angerichtet worden
waren. Diesen 'Kippreiz ins Anarchische'
habe ich damals attraktiv gefunden. Natürlich war es auch der Versuch, den Zumutungen des Alltags zu entkommen. Ich habe
diese Flucht in die Nischen des Dasein einmal als meine 'Lebensersparnis' bezeichnet.
Damit meinte ich den Verzicht auf alles
Überflüssige, auf Luxus und Eigentum zum
Beispiel, also auf all das, wonach die meisten ihr Leben lang streben.*

Was hat Sie schließlich veranlasst, über ihre
Wahrnehmungen zu schreiben? Wann haben Sie
damit begonnen? Gab es ein bestimmtes Ereignis,
das Sie zum Schreiben gedrängt hat?

Keineswegs. Man darf sich einen Schrift-
steller nicht als Jemanden vorstellen, der
sich vor ein leeres Blatt setzt und auf Einfäl-
le wartet. Bei mir geschah alles ganz beiläu-
fig. Bereits als Kind konnten mich die
kleinsten Dinge zu phantastischen Gedan-
kenflügen anregen. Das lag wohl daran,
dass ich viel allein war und mir meine Zeit
mit irgendwas füllen musste. Später hatte
ich eine zeitlang eine Freundin, mit der ich
wenig anzufangen wusste. Um sie zu unter-
halten, notierte ich mir kleine Begebenhei-
ten, die mir im Alltag aufgefallen waren,
und erzählte davon. Die Notizzettel hielt ich
im Verborgenen. Umso mehr war ich darauf
angewiesen, aus den wenigen Notizen eine
halbwegs stimmige Geschichte zu machen.
Später habe ich damit begonnen, mir diese
Geschichten aufzuschreiben und schickte
sie an die Redaktionen örtlicher Mittei-
lungsblätter. Zu meiner Überraschung wur-
den einige meiner Beiträge tatsächlich ge-
druckt. Schließlich wurde mir eine
Redakteurstätigkeit angeboten, und ich
schrieb über alles Mögliche, nicht ahnend,
das mir das eines Tages zugutekommen
würde.

*

Sie sind bekannt dafür, dass viele Ihrer Geschichten mit der Wahrnehmung kleiner und kleinster Dinge oder Begebenheiten beginnen. Ein liegen gebliebener Schuh oder Regenschirm kann das sein. Es sind meistens Dinge, die andere übersehen und die normalerweise unbeachtet bleiben. Bei Ihnen setzen sie einen ‚Phantasie- und Erzählstrom' in Gang, der immer wieder zu überraschenden Wendungen führt. Bei Ihnen werden sie zu poetischen Objekten, mit denen Sie eine heimliche Allianz eingehen. Kann man sagen, Ihre Poesie ist ‚weltabweisend' und gerade dadurch ‚weltverstärkend'?

Ja, das kann man so sagen. Voraussetzung ist allerdings, dass ich versuche, aus der ‚linearen Zeitordnung' zumindest vorübergehend herauszutreten. Wir leben ja genau genommen in zwei verschiedenen ‚Zeitverlaufsformen': die erste könnte man die ‚objektive Zeit' nennen, die alltägliche, unerbittliche, gleichförmige, mathematische Abfolge der Zeiteinheiten. Von dieser gilt es sich loszureißen. Ich muss in eine andere ‚Zeiterfahrung' eintauchen. Um ein gewöhnliches Ding wirklich wahrzunehmen, muss ich stehenbleiben und es mir längere Zeit anschauen. Erst dadurch wird die ‚sinnliche

*Wahrnehmung' zu einer ‚ästhetischen An-
schauung'. Das ästhetische Anschauen ist
stets mit einem ‚Verweilen' verbunden; im
Idealfall führt dieses zu einer Glückserfah-
rung, so als würde alles um mich herum
ebenfalls für einen Moment still stehen.*

Lassen sich diese Momente bewusst herbeiführen oder fallen sie Ihnen rein zufällig zu?

*Die Entdeckung des Poetischen im Bei-
läufigen geht genau genommen nicht auf
eine gezielte Suche zurück, sondern es ist
ein Herbeiführen, Erfinden, ein besonderes
Wahrnehmen der Dinge durch den Betrachter und seine Deutung. Unwillkürlich setzt
man das Beobachtete in eine Beziehung zu
sich selbst; zur eigenen Biographie oder wie
auch immer. So gehen ‚Außen- und Innenperspektive' irgendwann nahtlos ineinander
über. Dieser Zusammenklang macht den
Dichter zum Hermeneutiker und Epiphani-
ker. Dichter sind manchmal ‚Phantasten'
und verhalten sich wie Kinder beim Entdecken des Magischen in den Dingen. In diesen steckt die Magie, in den Dichtern die
‚Magieerwartung', wenn Sie so wollen.*

Was genau verstehen Sie unter einer ‚Epiphanie'?

Eine Epiphanie ist das, was uns zwar zufällig, aber zwingend einfällt, wenn wir ein Ding länger als nötig betrachten und dabei den Appellcharakter der Gegenstände wahrnehmen. Eine Epiphanie ist das, was uns momentweise einleuchtet und bewegt, was wir einen Tag später aber schon wieder vergessen hätten, wenn wir es nicht für uns festgehalten hätten. Unser assimilierender Blick verknüpft uns mit vielen fremden Momenten und baut sie unbewusst mit den Ergebnissen anderer, früherer Blicke neu zusammen. So entsteht eine ‚Symbiose' aus Äußerem und Innerem. Denn alles, was wir immer wieder und länger als nötig anschauen, beginnt eines Tages in uns und zu uns zu sprechen. Man könnte von einer ‚Ästhetik des Augenblicks' sprechen.

Natürlich müssen diese Wahrnehmungen auch im ‚Stilistischen' zum Ausdruck kommen. Die dem Alltag abgeschauten Segmente notiere ich mir und versuche später, sie in möglichst karger und schnörkelloser Form zu präzisieren; dem Gegenstand der Darstellung gemäß. Jede Ausschmückung *wäre da fehl am Platz. Schauen Sie sich um. Ist diese Wirklichkeit, die Sie hier sehen, wert, in irgendeiner Weise ästhetisch überhöht zu werden? Ich suche in den unbedeutenden oder gar abseitigen Dingen eine Art ‚verborgenen Sinn' oder wie schon Tschechow sagt: ‚Die Dramen, die sich im Kleinen abspielen'. Das könnte das Credo meines Schreibens sein.*

Was sollte ich auch sonst tun, außer zu schreiben? So mache ich einfach immer weiter. Die wahren Schriftsteller sind doch die, die immer wieder von vorne anfangen. Dabei verstehe ich gar nicht, warum die Leute meine Texte überhaupt zur Kenntnis nehmen. Was sie da lesen, kennen sie doch. Aber Ihr Beispiel zeigt mir ja, dass es doch hin und wieder jemanden gibt, der sich dafür interessiert.

Der Spaziergänger

Wie nicht anders zu erwarten, lud er mich gleich nach meinem Eintreffen zu einem Spaziergang ein. *Da können wir ungestört reden.* Damit hatte er mir gleichzeitig das Stichwort gegeben, denn ich wollte ihn ohnehin nach der Bedeutung des *Spazierengehens für sein Schreiben* fragen.

In Vorbereitung auf unser Gespräch habe ich festgestellt, dass es eine regelrechte ‚Spaziergängerliteratur' gibt, in die man Sie auch einreiht. Wie sehen Sie das?

Für die meisten Menschen ist das Spazierengehen eine Form der Freizeitgestaltung und Erholung. Bei mir wurde es zu einer ‚Konstante meines Lebens'. Dafür gibt es viele Gründe. Schon in meiner Jugend liebte ich das Wandern, suchte die Begegnung mit der Natur und scheute mich nicht vor großen Entfernungen. Ich hatte stets ein nahes Verhältnis zur Natur. Dieses wurde durch frühe Wanderungen ausgeprägt. Die Umgebung meiner Geburtsstadt bot mir für Spaziergänge eine Fülle von Möglichkeiten.

Später führten häufige Stellen- und Wohnungswechsel dazu, dass ich mir meine

neuen Umgebungen vertraut machen musste. Ich ging einer Anstellung nur so lange
nach, bis ich genügend Geld hatte, um einige Zeit lang als Dichter zu leben. Dieses
‚Nomadenleben' führte ich zehn Jahre lang.
Mit einer Reise nach Berlin, wo ich längere
Zeit blieb, änderte sich mein Lebensstil und
ich war nunmehr fest entschlossen, nur
noch ausschließlich von meiner Prosa zu leben, was mir auch mehr schlecht als recht
gelang.

Kann man sagen, dass die Spaziergänger-
thematik in gewisser Weise Ihr gesamtes Werk
durchzieht und insofern ständig einen ‚Bedeu-
tungszuwachs' erfährt und schließlich zu einem
‚Leitmotiv' Ihres Schreibens wird?

Das kann man so sagen. Zuerst ist das
Spazierengehen noch als einfaches Vergnügen anzusehen oder als notwendige Bedingung für meine vielen Ortswechsel; dann
entwickelt es sich allmählich zum Mittel für
das geistige Überleben, zum Kommunikati-
onsmittel mit der Außenwelt und schließlich
zum literarischen Thema. Wenn Sie sich
meine Biografie anschauen, scheint eine geradezu ‚schicksalhafte Disposition zur ruhe-
losen Unstetigkeit' typisch für mich zu sein.
Im ‚Typus des Spaziergängers' wird die
Verquickung zwischen poetischen Motiven

und persönlicher Passion besonders deutlich.

Das erklärt vielleicht auch, dass Sie ein ausge-
sprochen ‚assoziativer Erzähler' sind, wenn ich das
so sagen darf. Ihr Schreiben organisiert sich nicht
über eine ‚Handlung', sondern durch den ‚Schreib-
und Erzählvorgang' selbst. Sie rücken das scheinbar ‚Beiläufige' ins Zentrum Ihres Schreibens, das
dann auch ‚wie nebenbei' erwähnt wird.

Darin sehe ich den Unterschied zur literarischen Figur des ‚Flaneurs'. Der Flaneur
ist ein Produkt der modernen Großstadt, der
sich mit deren neu geformten Lebensweisen
auseinandersetzt: mit Industrialisierung,
Verkehr, Hektik, Lärm, kurzum: er macht
ständig Schockerfahrungen, die er reflektiert.

Er beobachtet und wird beobachtet und
ist sich dessen bewusst. Flanieren ist für ihn
eine Art ‚Lektüre der Straße', in der alle
Eindrücke, von Straßencafés bis zu Personen, die einem mit der vorbeilaufenden Bewegung auffallen, sich wie in einem ‚Heim-
kino' im Kopf zusammensetzen.

Ausgangspunkt und Endpunkt des Spaziergängers sind immer gleich; er macht eine Art ‚Rundgang', der sich auch in einer
gleichsam zentrifugalen Erzählbewegung

ausdrückt. Obwohl er scheinbar ziellos in der Natur umhergeht, sind es oft die gleichen Wege, auf denen er sich bewegt. Er bleibt immer in überschaubaren Bahnen; das unterscheidet ihn vom ‚Wanderer'. Der Spaziergänger sucht die Ruhe; für ihn ist das Spazieren ein Ritual, um sich zu beruhigen und auszuspannen.

Kann man sagen, dass bei Ihnen mehrere Traditionslinien der literarischen Figur des Spaziergängers zusammenlaufen? Es gibt Anklänge an den ‚romantischen Typ'; aber durchaus zeittypisch hat er auch Eigenschaften des ‚Flaneurs'; sogar Merkmale des ‚Vagabunden' gibt es bei Ihnen. Man könnte also meinen, dass sich in Ihren Texten einige ‚Spaziergängertraditionen' aufspüren lassen.

In den Erzählungen, die ich unter dem Titel ‚Der Spaziergang' veröffentlicht habe, werden in der Tat Textstellen aus Vorgängerwerken anderer Autoren zitiert. Ich versuchte, die verschiedenen Spaziergängertexte über ihre jeweiligen stilistischen Besonderheiten hinaus, miteinander ins Gespräch zu bringen. Das narrative Modell ‚Spaziergang' produziert offensichtlich Texte, die bestimmte Familienähnlichkeiten aufweisen und es reizte mich, eine Art ‚Korrespondenz' zwischen ihnen herzustellen.

*

Interessant war für mich, wie sich bestimmte Motive Ihrer ‚Spaziergängerliteratur' in Ihren späteren Romanen wiederfinden lassen. Eine gewisse Ruhelosigkeit; das Umhergehen; die ziellose Suche; der scheinbar nutzlose Zeitvertreib; das Unangepasste, bis hin zu einer dezidiert antibürgerlichen Lebenseinstellung.

In Ihrem Roman ‚Der Räuber' schildern Sie einen Außenseiter, dem es nicht glückt, ‚sich der bürgerlichen Ordnung brav anzuschmiegen', wie es da heißt. Er ist ein Zeitgenosse, dem das Entscheidende fehlt, ‚was fürs Leben und seine Gemütlichkeit wichtig ist'. Er ist ein ‚Nichtsnutz', der sich in die Rolle eines ‚Nichtdazugehörigen' gedrängt fühlt, da er kein Geld besitzt, sich nicht zu arrangieren weiß und es nicht versteht, sich auf allgemein respektierte Weise welches zu verdienen. Obwohl er nichts Unrechtes tut, provoziert er die Majorität der Angepassten, die sich schon durch sein bloßes Dasein irritiert und verunsichert fühlt.

Mein eigenes Spaziergängertum hatte in der Tat nichts mit der gutbürgerlichen Art, die Zeit totzuschlagen, zu tun. Ich wurde oft von meiner Umgebung misstrauisch betrachtet, weil ich keiner geordneten Arbeit nachging. Als Schriftsteller war man mehr oder weniger dieser ‚Nichtsnutz', der nichts zum Allgemeinwohl beiträgt und bei dem man nie wusste, wie man mit ihm dran war.

In meinem ‚Räuber-Roman' wird dieser Typ schärfer ins Auge gefasst; gewissermaßen als Gegenfigur zur scheinbar wohlgeordneten Bürgerwelt mit ihren eingeübten Ritualen und Rangordnungen.

Ihr Roman gilt immer noch als eine Art ‚Geheimtipp'. Er verlangt dem Leser wegen seiner strukturellen und formalen Besonderheiten einiges ab. Sie verwenden alle möglichen Stilmittel: surrealistische bzw. kafkaeske Formulierungen, Briefe, Ansprachen, Dialoge und Lyrismen, die einander in loser Reihenfolge abwechseln und scheinbar wahllos miteinander verwoben werden. Es handelt sich um einen fließenden Text, unterbrochen nur durch eine Vielzahl von Abschweifungen und Einschüben.

Dass der Roman immer noch als ‚Geheimtipp' gilt, ist für mich keine Ehrenbezeichnung. Es ist eher ein Makel. Das bedeutet nämlich, dass er nur für wenige Eingeweihte von Interesse ist. Und in der Tat ist es wohl, wie Sie sagen: Wegen seiner formalen

Unstrukturiertheit, der fehlenden Handlung und der teilweise skurrilen Wortbilder, lässt er viele Leser ratlos zurück, wenn sie den Roman überhaupt zur Hand nehmen.

Was verbirgt sich hinter der Figur des ‚Räubers‘? Ist er Ihr Alter Ego, eine Art Doppelgänger oder der Schriftsteller selbst, der sich dahinter versteckt? Für jede der Sichtweisen gibt es Belege. Mal heißt es: Ich bin ich und er ist er. Aber dann verschmelzen beide Figuren wieder zu einer, so dass das Wechselspiel von Ich, Er und Wir sich durch den ganzen Roman zieht.

Und warum bezeichnen Sie den Protagonisten als ‚Räuber‘, wo dieser doch nie etwas Unrechtes tut oder gar gestohlen hat? Und wenn doch, dann sind es keine materiellen Dinge, sondern Landschaftseindrücke, Charaktermerkmale oder Wortfetzen; mithin alles Dinge, die ein Schriftsteller für seine Arbeit braucht.

Die Charakterisierung des Protagonisten als ‚Räuber‘ ist natürlich eine Provokation. Die Bürger sind es, die jemanden, der keiner Arbeit nachgeht, so wie sie dies verstehen, einen ‚Tagedieb‘ nennen. In ihrer verschrobenen Phantasie stellen sie sich vor, er sei einer, der die Herzen junger Mädchen erobert. Dafür gibt es bei uns den Begriff des ‚Herzkäfers'. Der Räuber ist also kein gefährlicher, sondern ein im Grunde guter Kerl. Vom ‚Rauben' ist also kaum die Rede, denn vor allem sehen wir den Räuber spazieren gehen oder in Gaststätten sitzen oder auf irgendwie manierliche Art gar nichts tun. Aber ihm fliegen die Sympathien der Mädchen zu, weil er ‚anders' und vielleicht geistreicher und weniger langweilig ist als die meisten seines Alters.

Der Räuber ist fein veranlagt. Er spürt die Ablehnung durch seine Umgebung wohl, macht sich aber kein ‚Gewissen' daraus. Er verdrängt sie einfach, lässt sie nicht an sich herankommen. Eines Abends trinkt er Tee mit einem dieser gut situierten Bürger, den er noch von früher kennt. Dieser lässt irgendwann, nachdem er den Räuber beäugt und nach seinem Tun ausgefragt hat, wie nebenbei die Bemerkungen fallen: ‚Ja, ja Lieber, wenn man sich verhasst macht, muss man sich nicht wundern.'

Vor dieser Zusammenkunft ahnte der Räuber ‚von all dem nichts'. Er hatte gewissermaßen arglos wie ein Kind in seinem Bett geschlafen. Diese Bemerkung hat ihn *aufgeweckt. ,Du, steht auf, es ist Zeit', bedeutete sie ihm. Und so musste denn natürlich der Räuber aufstehen und da stand er dann. Ab jetzt leistet er auf seine Art ,Widerstand'. Nie hatte er subversive Handlungen begangen oder gar revolutionäre Absichten geäußert. Nun verweigert er sich den bürgerlichen Normalitätserwartungen und Gewohnheiten bewusst und bezieht aus seiner selbst gewählten Randexistenz eine Art ,Überlegenheitsgefühl'. Die bürgerliche Ordnung ist für ihn nicht attraktiv. Man könnte sagen: er ist darüber hinaus, weil er deren Mechanismen nach und nach durch*schaut. Einmal heißt es:

Man muss schlecht gewesen sein, um ein Sehnen nach dem Guten zu spüren. Und man muss unordentlich gelebt haben, um zu wünschen, Ordnung in sein Leben zu bringen. Erst dann sind die Welt und das Leben rund.

Zu einer Bekannten, einer Bewunderin der oberen Stände, bemerkt er:

Sie halten mich ein bisschen für übergeschnappt, und ich bin es ja auch vielleicht. Aber haben Sie das Recht, mich zu durchschauen? Nein, Sie haben nicht das mindes-

te Recht dazu. Der ganze Wiederaufbau der Zivilisation hängt für jeden Klardenkenden und hauptsächlich für jeden Gefühlvollen von der Heiligsprechung der Herrschenden ab. Haben Sie kein Gedächtnis für das, was diese leisten? Aber was sage ich da in meiner vollendeten Zerstreutheit?

Sein Sarkasmus zeigt, dass der Räuber sich keine Illusionen über den Zustand der Gesellschaft macht. Natürlich spürt er die Verachtung seiner Umwelt, aber darüber ist er erhaben. Man könnte auch sagen, er macht aus der Not eine Tugend.

Kann man sagen, dass die zunehmende Distanz zu seiner Umgebung gleichzeitig eine Art Schutz vor Anpassung und Spießertum ist? Wenn man so will: ein Versuch, seine Identität zu bewahren oder eine solche zumindest zu behaupten?

Dieses ‚Spiel mit der Identität' ist für mich der Schlüssel zum Verständnis des Romans. Zu diesem Aspekt möchte ich eine längere Passage zitieren:

„Vor ihm saß nun also der Herr Doktor, zu dem er sagte: ‚Ich bekenne Ihnen ohne Umschweife, dass ich mich dann und wann als Mädchen fühle.' Er wartete nach diesem Wort, wie der Doktor sich äußern würde. Der aber sagte bloß leise: ‚Fahren Sie fort.' Der Räuber setzte nun auseinander: ‚So vernehmen Sie denn, hochverehrter Herr, dass ich ganz fest glaubte, ich sei ein Mann wie irgendein anderer, nur dass mir in letzter Zeit an mir aufgefallen ist, dass ich gar keine Angriffs-, keine Besitzlust in mir lodern, weben und aus mir herausdrängen spürte. Dennoch hielt ich mich für einen ganz braven wackeren Mann, für einen durchaus brauchbaren Mann. Ich war arbeitslustig, ohne dass ich allerdings zurzeit viel leiste. Ihre Ruhe ermutigt mich, Ihnen anzuvertrauen, dass ich glaube, es lebe vielleicht in mir eine Art von Kind oder eine Art von Knabe. Ich besitze ein vielleicht etwas zu fröhliches Inneres, was ja auf mancherlei schließen lässt. Für ein Mädchen hielt ich mich ein paar Mal, weil ich gern schuhputze und weil mich häusliche Arbeiten lustig anmuten. Es hat eine Zeit gegeben, wo ich es mir nicht habe nehmen lassen, einen zerrissenen Anzug eigenhändig auszubessern. Und ich heize immer im Winter die Öfen selber ein, wie wenn sich das ganz von selbst verstünde. Aber ein richtiges Mädchen bin ich natürlich keineswegs. Wollen

Sie mich bitte einen Augenblick über alles das Bedingende nachdenken lassen. Vor allem fällt mir da jetzt ein, dass mich die Frage, ob ich etwa ein Mädchen sein könnte, nie, nie, auch nicht einen einzigen Augenblick lang beunruhigte oder mich aus der bürgerlichen Fassung brachte oder mich unglücklich machte. Ich stehe überhaupt keineswegs als Unglücklicher vor Ihnen, ich möchte dies ganz speziell betonen, denn eine geschlechtliche Qual oder Not spürte ich nie, denn es hat mir nie an den sehr einfachen Möglichkeiten gefehlt, mich jeweilen von Andrängungen zu befreien. Eigentümlich, d.h. wichtig für mich wurde die Entdeckung, die ich an mir machte, dass ich in liebliche Lustigkeit hineinkam, wenn ich in Gedanken irgendwen bediente. Natürlich ist diese Art von Anlage nicht alleinbestimmend. Ich frage mich vielfach, was für Umstände, Beziehungen, Milieus für mich maßgebend seien, kam aber zu keinem bestimmten Ergebnis."

Indem der ‚Räuber' mit seiner Identität spielt und scheinbar belanglose Episoden aus seiner kümmerlichen Existenz schildert, hält er seinem Gegenüber, einem Repräsentanten der bürgerlichen Normalität, den Spiegel vor. Er ironisiert dessen Erwartungen durch ein höchst kunstvolles Verwirrspiel, das sich über den ganzen Roman hinzieht. Zuweilen liest sich das Ganze wie ein Selbstgespräch, das keinen Anfang und kein Ende kennt. Oder ziehen Sie mit Ihren Ausführungen ein bitter-ironisches Resümee Ihres Schriftstellerlebens?

Diese Schlussfolgerung überlasse ich Ihnen. Es war in der Tat mein letzter Roman, den ich veröffentlichen wollte. Aber mit dem Schreiben habe ich dennoch nicht aufgehört. Ich war nur nicht mehr darauf aus, meine künftigen Sachen einer anonymen Öffentlichkeit auszuliefern. Ich schreibe nur noch für mich, ganz ‚beiseit'.

Der Vielseitige

Er hatte sich für längere Zeit auf einen Bauern-hof zurück gezogen, um neue Lebensformen zu erproben, und inmitten einer natürlichen Umgebung mit seinen Tieren zu leben. Hier schrieb und komponierte er.

Sie sind Literat und Musiker. Als was verstehen Sie sich in erster Linie?

Kunst entsteht aus dem ‚Hinschauen' und dem ‚Hinhören'. Beide haben ihre ‚Sphä-ren', in denen sie wirkungsvoll sind. Vieles lässt sich sprachlich nicht oder nur unzurei-chend ausdrücken. Da kommt die Musik ins Spiel, die mehr Möglichkeiten aufweist. Ich habe stets versucht, das ‚Nichtverstehbare zu verstehen'.

Der Künstler kann nur einen Zipfel des Seins ergreifen. Auch er erfährt die ‚Mauer aus Unzulänglichkeiten', von denen er um-geben ist. Ich lauere auf den Schlag der Glocke, damit das alles übertönt wird. Es ist der Augenblick, den ich deuten kann. Der glückhafte Augenblick.

Worin sehen Sie dieses ‚Nichtverstehbare'?

Ganz allgemein gesprochen besteht es in der Art und Weise, wie wir mit der ‚Schöpfung' umgehen. Der Mensch dünkt sich, die Krone der Schöpfung zu sein. Diese Sicht schmeichelt ihm. Aus der sich selbst zugeschriebenen Stellung in der Schöpfung leitet er das Recht ab, sich die Erde ‚untertan' zu machen, wie es so seltsam zweideutig heißt. Die Realisierung dieses Anspruchs bedeutet freilich, dass er aus der natürlichen Ordnung heraustritt, deren Teil er doch ist. Er betrachtet fortan die Natur als sein Gegenüber; als Objekt und Ressource. Dabei erweist er sich als unfähig, die weit gespannten Absichten der Schöpfung zu erkennen. Je mehr Menschenwerke er anhäuft, und so sehr er sich auch bemüht, seine Naturerkenntnisse zu erweitern – desto größer wird die Distanz zu seinen Ursprüngen. Dabei weiß er so gut wie nichts über die Entstehung des Lebens und der Welt.

Sie haben den Menschen einmal als ‚Fehlkonstruktion der Schöpfung', als ‚Schöpfungsfehler' bezeichnet. In Ihren Romanen beschreiben Sie das Ausmaß an Grausamkeit und Destruktivität, dessen der Mensch fähig sei. ‚Versöhnung' könne allein die Kunst bewirken, insbesondere die Musik. Ist diese Auffassung auch der Antrieb Ihres Schreibens?

Ich habe in all meinen Werken versucht, diese ‚Dunkelheit', die unser Dasein umgibt, zu durchdringen. Das ist vor allem eine Frage der Erkenntnis. Würden wir die ‚Natur als System' besser verstehen, d.h.: ihre Wirkungszusammenhänge – es wäre ein erster, wichtiger Schritt. Wir verstehen zu wenig von den natürlichen Kreisläufen. Allein durch die Unterbrechung von Nahrungsketten und die Zerstörung von Lebensräumen sterben Hunderte von Pflanzen- und Tierarten aus. Und zwar ständig und überall auf der Welt.

Aber auch im menschlichen Zusammenleben tut sich eine tiefe, unüberwindbar scheinende Kluft auf. Der Mensch ist dasjenige Exemplar der Schöpfung, das über einen schier unausrottbaren Trieb verfügt, sein Ego und seinen Eigennutz auszuleben. Es ist unser vollständiger Mangel an Empathie, der universell geworden ist.

Haben Sie denn überhaupt Hoffnung, dass sich daran je etwas ändert? Und vor allem: Was kann die Kunst dazu beitragen?

Allzu viel Hoffnung habe ich nicht; aber der Mensch hofft, solange er lebt. Sonst müsste er vollends verzweifeln. Ein radika-

les Umdenken wäre für den Menschen von existentieller Bedeutung, weil es den Jammer über den Zustand der Schöpfung mildert und zugleich die schauderhafte Gleichgültigkeit gegenüber der Welt ein Stück überwinden hilft. Als ein verständiger Teil der Natur könnte er eine Mittlerfunktion einnehmen in einer sich weitgehend selbstregulierenden natürlichen Ordnung.

Der menschliche Geist hat die Wirklichkeit nie als etwas ‚Ganzes' betrachtet. Sie entzieht sich seinen Sinnen und seiner Erkenntnis. Mit der Trennung von Mensch und Natur, die ursprünglich untrennbar miteinander verwoben waren, hat sich eine Denkweise etabliert, die beide zusammengehörigen Elemente gegeneinander verselbständigt. Die Wirklichkeit ist von unfassbarer ‚Gleichzeitigkeit'; hier liegt die strukturelle Begrenztheit der menschlichen Wahrnehmungsfähigkeit. Dem Menschen fehlt es an der bedingungslosen Demut, angesichts der Tatsache, dass er von der Welt zu wenig weiß. Aber auch das weiß er eben nicht.

Und was ist mit der Kultur?

Sie lässt sich nicht trennen von der geschichtlichen Entwicklung, die auf Unterdrückung, Verrohung, Entfremdung und Entsinnlichung beruht. Der Mensch glaubte, einer Technik der Naturbeherrschung das Wort reden zu müssen und von ihr zu profitieren. Aber allmählich dämmert ihm, dass uns die Resultate unseres Schaffens immer mehr entgleiten. Der Einzelne erscheint gegenüber den Menschenwerken als hoffnungslos überfordert. Wir wollten uns die Erde untertan machen und werden längst selbst in dem von uns entfachten Strudel mitgerissen. Darin besteht die ‚Dialektik der Naturbeherrschung'. Wir haben die Grenzen unserer Erfahrungsmöglichkeiten überschritten. Wir können die Konsequenzen unserer Taten nicht mehr kontrollieren und bekommen die Komplexität der von uns hervorgebrachten Werke nicht mehr in den Griff. Das ist die tiefer liegende, prinzipiellere Ursache für die Grenzen unserer Erfahrung.

Dies könnte die Atmosphäre sein, in der Kunst entsteht.

Der Künstler folgt keinem höheren Trieb, eher ist er ein Getriebener, der dem bitteren

Verlangen entspricht, der tödlichen Leere des Daseins wenigstens zeitweilig etwas entgegen zu setzen. Insofern ist der Künstler ‚Medium und Schöpfer' zugleich, und das Gelingen seiner Arbeit hängt entscheidend von seiner ‚Empathiefähigkeit' ab. Aber auch der Künstler kann immer nur einen Zipfel des Seins ergreifen. Und schon dazu bedarf es eines Genies, eines Glücksfalls, damit die Mauer aus Gleichgültigkeit, die uns umgibt, ein wenig durchlässiger wird.

Kann man sagen, dass Sie in Ihrem Hauptwerk ‚Fluss ohne Ufer' eine Art ‚Erlösungsphantasie' entwickeln, indem Sie versuchen, das Unausweichliche als Schöpfungstragik darzustellen? Für mich hat der Rhythmus des Romans, wenn man das so sagen kann, etwas geradezu ‚Musikalisches', den Sound einer ‚Sprachmelodie', vor allem in der Art, wie Sie ‚Naturerfahrungen' oder ‚Gefühlslagen' schildern. Das hat oft auch etwas ‚Übergriffiges'. Ihre Wort-Kaskaden können mitreißen, sie können einem aber auch den Atem nehmen. Vielleicht wäre ‚transgressiv' der richtige Ausdruck dafür. Sie überschreiten ständig Grenzen der künstlerischen Ausdrucksformen; aber auch der Moral oder dessen, was gemeinhin als Norm der Zivilisation gilt. Diese gewisse ‚Tabulosigkeit' haben viele Ihrer Kritiker Ihnen vorgeworfen.

Dabei habe ich gar nicht in erster Linie schockieren wollen; vielmehr ging es mir mit meiner Kunst darum, die gesellschaftlichen Übereinkünfte, die gängigen Muster, einfach einmal außen vor zu lassen. So gesehen wäre meine sogenannte ‚Tabulosigkeit' in erster Linie eine Art ‚Vorurteilslosigkeit'. Ich versuche, bei aller Kritik an den Verhältnissen, einen ‚Möglichkeitsraum' zu eröffnen, indem ich die ‚Utopie' eines geglückten Lebens, einer Harmonie von Mensch, Tier und Natur aufzeige.

Jemand mit Ihren Lebenserfahrungen, der den Glauben an den ‚Geist der Aufklärung' und die ‚Hoffnung auf Fortschritt' aufgegeben hat, der mithin keinerlei ‚Erlösung' erwartet, versucht dennoch, die erkannte Ausweglosigkeit in eine ‚Kunstanstrengung' zu überführen. Hat das nicht etwas ‚Heroisches'?

Ich denke nicht. Aber klar war mir immer, dass ich meine Anliegen nicht mit den Mitteln ‚konventioneller Kunstformen' realisieren konnte. Also experimentierte ich, obwohl ich das Scheitern ständig vor Augen hatte. Aber während der rauschenden Flügelschläge der Arbeit gelingt es mir manchmal, ein Motiv aus mir heraufzuholen und die merkwürdige Beschwingtheit des

Nichtanderskönnens zu erfahren. Ich warte förmlich darauf, dass ein ‚Sphärenklang' mich anweht, den ich in einen Sprachrhythmus oder in Musik verwandeln kann.

Sie haben vieles von dem, was Sie künstlerisch bearbeitet haben, praktisch erprobt. Sie waren Schriftsteller, Komponist, politischer Publizist, Orgelbauer, Musikverleger, aber auch Landwirt und Pferdezüchter. Und Sie haben verschiedene Lebensformen ausprobiert, haben in einer Landkommune gelebt, in diversen Beziehungen und oft auch allein auf sich gestellt.

Das alles ist in irgendeiner Weise in meine Kunst eingeflossen, wenn ich so sagen darf. Ich habe versucht, daraus ein ‚Fest der Sprache' zu machen, auch wenn meine Botschaften zum Jubeln oft keinen Anlass boten. Das Ganze war für mich ein großes Abenteuer oder wenn Sie so wollen: eine ‚Schule der Naturwahrnehmung'.

Man merkt Ihnen die Nähe zu den Dingen an, die Sie umgeben. Sie machen zwischen Tieren, Pflanzen, Gesteinen und Menschen prinzipiell keinen Unterschied. Es geht Ihnen immer um die ganze Schöpfung. Und der Mensch wird von Ihnen als Teil dieser Schöpfung beschrieben, sein Seelenleben wird an einer Stelle als ‚das wunderbar symmetrische Innere einer Blüte' beschrieben. Alles in allem ist es ein großes ‚Experiment', und sobald man Sie liest, begibt man sich auf eine ‚Lesereise' in unbekanntes Terrain.

Dabei weiß ich, dass ich keinen großen Leserkreis erreicht habe. Wenn jemand konventionelle Maßstäbe und Tabus hinter sich lässt, macht er es seinem Publikum nicht leicht. Die meisten Leute wollen Abenteuer, aber sie wollen sie möglichst nicht selbst erleben, sondern lieber als Film, den sie sich anschauen und zu dem sie Distanz halten können.

Aber ich klage nicht über die eigene Verkanntheit. Es ist sinnlos, wir sollten damit aufhören. Denn das hat ja oft mit der Originalität und, ja, auch mit der Qualität der künstlerischen Arbeit zu tun, um die es geht. Viel erstaunlicher ist für mich, dass maßgebliche Schriftsteller, Komponisten und andere Künstler mich wahrgenommen und geschätzt haben. Das ist mir Genugtuung genug. Da weiß ich, dass mein Schaffen nicht umsonst gewesen ist und es möglicherweise in den Werken anderer weiterlebt.

Der Ruhelose

Ich suche einige der Orte auf, die er geliebt hat. Die Cafés der Altstadt; die kleinen Restaurants, in denen er Stammgast war. Ich versuche, mich in seine Welt einzufühlen. In einigen der Lokale stehen Fotos, die ihn als einen weltabgewandten Menschen zeigen. Er lebte zurückgezogen und einsam. Anderen gegenüber reserviert. Als Suchender schien er das Nicht-Finden gefunden zu haben. Dabei hatte er viel zu geben. Er war belesen wie kaum einer. Und er schrieb und schrieb; es wurde seine eigentliche Passion, nachdem er den Kontakt zu seinem früheren Leben abgebrochen hatte. Gemäß seinem Motto: ‚*Literatur und Kunst ist der Beweis dafür, dass das Leben allein nicht genügt*'.

Er repräsentierte den ‚entpersonalisierten Menschen' – die Auflösung des Individuums, das sich aus den traditionellen Bindungen befreit hat. Fortan beschäftigte er sich damit, seine jeweilige Identität zu verdoppeln, um sich schreibend immer wieder als ein Neuer zu erfinden. Die Texte, die er schrieb, handeln von dieser Ich-Auflösung, vom Erloschensein, von Fremdheit, Erschöpfung und immer wieder vom Selbstverlust und seinem Kampf, seine wahre Bestimmung zu finden. Einmal fragte er:

‚Was ist dieser Zwischenraum, der zwischen mir und mir steht'?

Dann steht er plötzlich vor mir, in seiner unverwechselbare Gestalt: der etwas zu große, dunkle Hut, die runde Brille, das sorgfältig gestutzte Oberlippenbärtchen, die kleine schwarze Fliege, der schwarze, dreiteilige Anzug und unter dem Arm eine mit Manuskripten oder Briefen gefüllte Mappe. Wir befinden uns mitten im Zentrum der Stadt, am Largo do Chiado, einem der prächtigen, alten Plätze. Wir gehen in sein Stammcafé.

In diesem Cafés habe ich mich früher mit Freunden getroffen, um literarische Projekte zu besprechen. Wie man sich heute im Büro oder an einer anderen Stelle trifft, waren es damals die Cafés im Zentrum von Lissabon.

Ich glaube nicht, dass ich irgendwie Skrupel hatte; ich habe einfach zu viel geschrieben. Ich habe geschrieben, geschrieben, geschrieben, und hatte vor lauter Schreiben kaum Zeit, daran zu denken, etwas zu publizieren, und sobald ich eine Idee, eine Publikationsidee hatte, kam schon der nächste Plan.

Ihre Texte zu allen möglichen Facetten unseres Dasein sind meist von einer gewissen ‚philosophischen Tiefe‘, wenn man das so sagen kann. Wie war Ihr Verhältnis zur Philosophie?

Ich war ein Dichter, der von der Philosophie angeregt wurde, nicht ein Philosoph mit dichterischen Fähigkeiten. Ich liebte es, die Schönheit der Dinge zu bewundern und im Unmerklichen, durch das winzig Kleine hindurch, der dichterischen Seele des Weltalls nachzuspüren. Denn Dichtung ist Erstaunen, Bewunderung, wie vor einem Wesen, das vom Himmel gefallen ist; in vollem Bewusstsein von seinem Sturz.

Ich habe einige Jahre damit zugebracht, ‚Arten des Fühlens‘ zu sammeln. Es ist dies eine Literatur, die ich gewissermaßen erlebt habe und die deshalb aufrichtig ist, weil sie gefühlt ist. Unaufrichtig nenne ich Dinge, durch die keine Ahnung von Ernst und Geheimnis des Lebens hindurchgeht, und sei es auch nur ein Windhauch. Darum ist alles ernst, was ich geschrieben habe. In jedes Werk habe ich eine tiefe Auffassung des Lebens gelegt, in allen ernstlich aufmerksam für die geheimnisvolle Bedeutung des Exis-

tierens. *Oder sagen wir es etwas beschei-*
dener: ich habe es versucht.

Sie haben oft fremde Namen gewählt und unter
verschiedenen Pseudonymen geschrieben. War es
Ihre Absicht, nicht identifiziert zu werden, oder ha-
ben Sie in diesen Anderen Teile Ihrer eigenen
Identität wiedererkannt?

Sowohl als auch. Ich weiß oft nicht, wer
ich bin, welche Seele ich habe. Ich fühle
mich dann vielfältig. Ich fühle mich als ver-
schiedene Wesen. Ich fühle mich fremde
Leben leben, als ob mein Sein an anderen
Menschen teilhätte. Ich fühle mich nie iden-
tischer, als wenn ich mich von mir verschie-
den fühle.

Kann man also sagen, dass Sie nicht nur Litera-
tur ‚schreiben’, sondern dass Sie selbst auch eine
lebendige literarische Figur ‚sind’?

Eine interessante Vorstellung, die etwas
Reizvolles hat. Auf diese Weise könnte man
ewig weiterleben; als offenes, unvollendetes
Kunstwerk.

Ich komme noch einmal auf Ihre ‚philosophi-
schen Ambitionen’ zurück. Sie haben viele Aspekte

des ‚Phänomens Säkularisierung' beschrieben. War das eine Reaktion auf die Tatsache, dass Sie und viele Menschen mit Ihnen den Glauben, den traditionellen Glauben verloren und damit auch die Fähigkeit eingebüßt haben, diesen Glauben durch ein anderes metaphysisches oder religiöses System zu ersetzen?

Ich sagte schon: Ich war ein Dichter, der von der Philosophie angeregt wurde, ein Dichter, der schon vor den ‚Existentialisten' mit klarem Blick und nüchternem Verstand auf die – wenn man so will – absurde ‚conditio moderna' des Menschen geschaut und auf diese Bedingung mit Trauer und Melancholie im Herzen Antworten gesucht hat. Bei der Trauer ist die Welt arm und leer geworden; bei der Melancholie ist es das Ich selbst. Ich schrieb damals: ‚Wenn das Herz denken könnte, stünde es still'.

Ich war stets ein Außenseiter, der sich an der Schwelle zwischen Wirklichkeit und Traum situierte, ein Außenseiter, der tagsüber als Hilfsbuchhalter in seinem Büro den Erfordernissen der Welt Genüge tat und des Abends als Dichter das Fenster auf die Straße seiner Träume öffnete. Ich meldete mich immer dann zu Wort, wenn mich exis-

tentielle Schwermut und Bedrängnis überkam und wenn die anderen Stimmen angesichts der ‚Unruhe' in der Welt schwiegen.
Meine Geistesverfassung zwang mich, ohne
dass ich etwas dagegen tun konnte, ständig
am ‚Buch der Unruhe' weiter zu arbeiten.
So entstanden Fragment über Fragmente,
und immer weitere Fragmente, die ich in
meine Holzkiste packte und für mich auf-
bewahrte.

*

Wann haben Sie beschlossen, sich ein ‚Alter
Ego' zuzulegen, oder haben Sie angenommen,
dass Sie ein ‚Double' haben? Ich bin mir nicht sicher, welche Bezeichnung für dieses Phänomen
zutrifft.

Ich Du Er – das ist einerlei. Jeder kennt
das Gefühl, ein bestimmtes Ereignis schon
einmal erlebt zu haben; einfach so, ohne darüber nachgedacht zu haben. ‚Vielleicht habe ich ja schon einmal gelebt', sagte ich mir.
Als ein Anderer. Ich stellte mir vor, dass es
einen Dichter gab, der ebenso empfunden
hat wie ich. Und ich sagte mir: schreib alles
auf, was dir an ihm auffällt, selbst wenn du
hinterher nicht mehr weißt, ob es von dir

*oder von ihm ist. Es geht euch beide an.
Und was macht es schon, wenn es Texte
sind, die schon vor langer Zeit entstanden
sind. Schreib alles auf.* Schreib.

*So war mir zumute, als ich mit seinen
Texten vertraut wurde. Auch er war die Unruhe in Person. Auch er kämpfte zeitlebens
gegen die drohende Leere und Zerfaserung
seines Daseins an. Er bevölkerte es mit sich
selbst. Alles, was ich von ihm las, kam mir
seltsam bekannt vor; so, als hätte ich es
selbst geschrieben oder zumindest schreiben können. Seine Gedichte schwankten hin
und her zwischen Sinnlosigkeit und Verzweiflung, Ironie und Zynismus. Er lieferte
sich rücksichtslos seinen jeweiligen Stimmungen aus.*

*Ich sagte mir: Was bleibt einem Men-
schen, der an diesem Punkt angelangt ist:
er zieht sich in seine Welt zurück, seine
Träume, weil er weiß, dass er in der Wirklichkeit, in der er lebt, nicht finden wird,
wonach er sucht. Gleichwohl schrieb er: Ich
will, ich werde bekommen, wonach ich suche. Wenn nicht hier, dann an anderen Orten, die ich noch nicht kenne. Nichts habe
ich verloren. Alles ist noch zu gewinnen!*

Woher nahm er diese Zuversicht?

Er hatte begriffen, dass es allein die Sprache der Literatur ist, die ihn retten könnte. Um sich ganz auf sie einzulassen, musste er sein Leben so gestalten, dass er in höchstmöglicher Harmonie mit der Natur und den ihn umgebenden Dingen lebte. Diese Dinge waren für ihn nicht nur das, was sie scheinen; er hat sie hinterfragt. Dabei benutzte er keine abstrakten Begriffe, um sie zu verstehen. Die Sache, um die es ihm ging, schien absurd einfach: Man musste den Dingen ihren Zauber ablauschen. Denn er wusste: Jedes Ding hat seine Sprache; man musste nur die Geduld aufbringen, ihnen zuzuhören.

Sie lebten seither zurückgezogen in einem kleinen Dorf, das Sie nie mehr zu verlassen wünschten. Wie kam es dazu?

Dort gab es genug zu sehen und alles, was ich zum Leben brauchte, nachdem ich alle Versuche eingestellt hatte, irgendwo Fuß zu fassen. Ich widmete mich fortan ganz dem Schreiben, voller Besessenheit, aber ohne Illusionen. Was mir blieb, war meine existentielle Unruhe. Sie war der Nährboden meiner Phantasie und Quelle meines Schreibens. Ich schrieb: ‚Immerfort diese Unruhe, wie ein zartes Gewebe, das beim Falten zerbröselt. Ich kann mich nie mehr erholen, weil ich vergaß, mich zu Hause zu lassen'.

So lautet die erste Eintragung in meinem schwarzen Notizbuch, das mich auf allen Wegen begleitete. Lauter unzusammenhängende Betrachtungen finden sich darin. Sie sind von verstörender Zartheit und Anmut. Mein ganzes inneres Leben habe ich meinem Notizbuch anvertraut. Es ist dieser Mangel an Zusammenhängen, die den Zusammenhang ausmachen. Man könnte auch sagen: die Unruhe ist der ruhige Mittelpunkt meiner Texte.

Ich habe sie nur in kleinen Dosen lesen können, da sie tiefe und teilweise paradoxe Einsichten enthalten, die von Ihrer jeweiligen Gemütslage zeugen und in der sich Ihre Unruhe gleichsam ausruht.

Das haben Sie schön formuliert. Obwohl die Texte zeitweilig von der schier unaufhaltsamen Talfahrt meines Lebens berichten, haben sie nichts gemein mit dem Weltschmerz eines Romantikers: *ganz einfach deshalb nicht, weil ich keine ,Erlösung' in einer anderen Wirklichkeit suchte, sondern von den Leerräumen in meinem Dasein ausging, wo ich einen geheimen Sinn vermutete, der sich mir nur noch nicht erschlossen hatte.*

Viele Ihrer Reflexionen kreisen um die Schwierigkeit, sich schreibend dieser verborgenen Welt zu nähern. Immer wieder stellen sich Träume ein; Träume und nochmals Träume.

Sie wurden mir zum eigentlichen Fluchtraum. Einmal notierte ich: ,Habe wieder viel geträumt. Manchmal bin ich es müde, wieder einmal nur geträumt zu haben. Freilich werde ich nicht müde zu träumen. Denn träumen heißt vergessen'.

Ich erinnerte mich daran, dass die vielen nicht gelebten Leben sich nur in Form von Träumen noch einmal erleben lassen und auf diese Weise zu einer Art bevorzugter Wirklichkeit werden. Sie in eine literarische Form zu bringen, verhilft dazu, das eigene Selbst als eine Kolonie von Möglichkeiten und Begabungen darzustellen.

Auch Kinder erdichten sich ihre Welten, die dann beginnen, ein Eigenleben zu führen. Vorstellungen dieser Art können Wunsch erfüllend wirken und werden auf diese Weise zur Glück bringenden Verheißung. Dieser Mechanismus erklärt, warum die Traumarbeit auch zum Ersatz für fehlende Liebe werden kann: sie selbst ist es, die zur Liebe wird.

In dieser ambivalenten Gefühlslage erkannte ich all meine Absichten wieder: Das Schreiben wurde irgendwann zur Liebe und Obsession. In meinem Notizbuch findet sich die Eintragung:

,Nur durch das geschriebene Wort leben unsere Träume und Bilder weiter. Das macht den Wert des Lebens aus. Alles andere sind künstlich geschaffene Eitelkeiten, die die Leute zappeln machen wie Käfer, die unter einem aufgehobenen Stein sitzen; auch sie stieben davon, sobald man den großen abstrakten Felsen ein wenig lüftet, der den blauen sinnlosen Himmel solange verborgen hielt'.

Darin zeigt sich Ihre Liebe zum Wort, zur Schönheit, zur vollendeten Formulierung, zur Äs-

thetik! Oder wollten Sie im Stillen doch von anderen gelesen und entdeckt werden?

Nichts dergleichen! Ich liebe das Schreiben als einen kontinuierlichen Schaffensprozess, bei dem es gelingt, alles andere zu vergessen und stattdessen in einen nie endenden Dialog mit mir selbst einzutreten. Sich nicht einmischen in die Dinge. Hören Schauen Schweigen Gewähren lassen. Die Dinge, die Räume, die Stille in der Schwebe halten. Die Stille nicht als Bedrohung ansehen. Entziffern des Sichtbaren wie des Unsichtbaren. Worte finden, solange alles noch ein Suchen ist. Noch im Vorübergehen die Rufe der Vögel unter den Wolken hören und sich fragen, ob es recht ist, die Bäume so sehr zu lieben.

Woher mochte sie rühren, Ihre nicht zu bändigende Unruhe?

Vielleicht von der ständig präsenten, latent vorhandenen Angst davor, dass ein Teil meiner Träume Realität werden könnte und dadurch alles zu einem Ende käme. Vielleicht habe ich deshalb dem Phänomen der Unruhe mein ganzes Lebenswerk gewidmet.

Man hat Sie einen ‚Mystiker des Alltags' genannt, weil Sie die ‚Ekstase des Schauens' so sehr betont haben. Sobald Sie sich in das Spiel der Wolken vertieften, gerieten Sie in Verzückung und träumten sich mit ihnen fort. Ihnen galt der Traum mehr als die Tat, und die Literatur galt Ihnen als Refugium.

Sobald ich es mir an meinem Schreibtisch bequem machte, fühlte ich mich in Sicherheit: er war mir ein Bollwerk gegen das Leben. Mein Credo lautete: ‚Die wahren Dichter sind lachende Nihilisten, die an nichts glauben und gerade deshalb immer weitermachen'. Daher schrieb ich: ‚Wenn das Leben einem zerbrochenen Spiegel gleicht, der in viele Bestandteile zerbrochen ist; dann spiegelt das Schreiben die Sehnsucht wider, den Spiegel wieder zusammenzusetzen'.

Das Gespräch hatte ihn erschöpft. Ich verbat mir, ihm weitere Fragen zu stellen, obwohl mir danach war. Weitere Antworten werde ich in seinen Schriften suchen müssen.

Der subversive Freigeist

Sie haben als Kind die Bombardierung Dresdens erlebt und kommen aus einer Arbeiterfamilie.

Beides hat mich zeitlebens geprägt. Die Bombardierung Dresdens hat mich jahrelang regelrecht verfolgt. Ich sah die Bilder der brennenden Stadt immer und immer wieder vor mir. Meiner Herkunft aus einer Arbeiterfamilie bin ich mir stets bewusst geblieben, im Unterschied zu vielen Aufsteigern, die ihre Herkunft mit der Zeit vergaßen.

Nach dem Abitur studierten Sie Volkswirtschaftsplanung und Wirtschaftsgeschichte bei Jürgen Kuczynski und Hans Mottek in Berlin, und nach dem Studium arbeiteten Sie als Assistent an der Hochschule für Ökonomie in Berlin.
Wie kam es, dass Sie vor diesem Hintergrund starkes Interesse auf musischem Gebiet entwickelten?

Ich las schon früh Pindar, Hölderlin, vor allem aber Goethe und Schiller. Wenn Sie so wollen, verfügte ich über eine solide klassische Bildung. Und es war ein Glücksfall für mich, einen Mann wie Jürgen Kuczynski kennen zu lernen. *Er war einer der letzten ,Universalgelehrten'. Er interessierte sich für Philosophie und Kunstgeschichte, kannte sich in der Literatur aus, kurzum: er regte uns an, über die engen Fachgrenzen hinaus zu schauen und förderte uns in dieser Hinsicht.*

Ich schrieb dann für eine Wirtschaftszeitung und wurde Redakteur der Zeitschrift ,Junge Kunst'. Gerade diese letzte Tätigkeit faszinierte mich immer stärker. Ich begann, Gedichte zu schreiben; später auch Theaterstücke und Libretti.

Sie erhielten dann ein Publikationsverbot. Wie kam es dazu?

Da müssen Sie die fragen, die mir dieses Verbot erteilt haben. Natürlich war ich ein kritischer Geist, dem vieles nicht gefiel, was sich beim ,Aufbau des Sozialismus' in der Realität abspielte. Kuczynski hatte uns in diesem Geiste erzogen, aber ständig rieb man sich an den Vorgaben der Partei, die sich in alles einmischte.

Ich habe später einmal gesagt: ,Ich studierte die Klassiker und das Chaos'. Mein eigentlicher Beruf aber war die ‚Hochkultur'. Das konnte auf die Dauer nicht gut gehen.

Helene Weigel holte Sie dann als wissenschaftlichen Mitarbeiter und Dramaturg ans ‚Berliner Ensemble', wo Sie insbesondere mit Ruth Berghaus zusammenarbeiteten.

Diese Phase meines Lebens habe ich sehr genossen. Das ‚Berliner Ensemble' war eine Oase in dieser Wüste der Denkverbote. Hier herrschte ein kreativer Geist, und man konnte sich entfalten. Die Aktivitäten des Theaters wurden zwar argwöhnisch beobachtet; aber an Brecht und Weigel traute sich die Partei wegen deren internationalem Ruf nicht heran.

Danach wurden Sie Dozent an die Schauspielschule Ernst Busch. Und zuletzt wurden Sie sogar noch zum Professor ernannt.

Ja, es gab ja immer auch Phasen sogenannten ‚Tauwetters'; und durch die erfolgreiche Arbeit am Theater gewann man an Vertrauen zurück. Es gab ja immer auch Leute, die unsere Tätigkeit zu schätzen wussten.

‚Lachmunds Freunde' ist Ihr einziger Roman geblieben. Sie schrieben in großen Abständen daran.

Das hatte natürlich mit dem Publikationsverbot zu tun. Mir war zeitweise der Elan abhanden gekommen, und nach neuen Auseinandersetzungen mit der Kultusbürokratie sehnte ich mich nicht gerade. Also ruhte der Text, an dem ich zwar immer wieder einmal arbeitete, aber eben nicht kontinuierlich.

Als Motto für Ihren Roman wählten Sie ein Zitat von Jean Paul: ‚Ja, wir haben keine Gegenwart, und die Vergangenheit muss ohne sie die Zukunft gebären'. Was hat es mit dem Motto auf sich?

Mir ging es darum, die historischen und vor allem: die kulturgeschichtlichen Wurzeln des gesellschaftlichen Systems DDR aufzuzeigen. Um etwa Ereignisse wie den 17. Juni 1953 zu beleuchten, musste ich viele Umwege gehen. Eine direkte Kritik an den Maßnahmen der Partei, die zum Aufstand geführt hatten, verbot sich buchstäblich.

Die Protagonisten des Romans wenden sich an einen Gelehrten, der versucht, die Ereignisse anhand historischer Analogien zu erklären. Er vergleicht den Arbeiteraufstand mit dem der französischen Bauern der Vendée zur Zeit der Französischen Revolution. Er beginnt seine Ausführungen mit den Worten:

„Ja, das Menschenwerk fügt sich den Formeln nicht. Die Bauern hatten die Revolution mit einem grimmigen Kampf gegen diese und für ihre alten feudalen Ausbeuter beantwortet; irregeführt durch Tradition und, vielleicht, eine gewisse Vorahnung, dass die neue Gesellschaft, weit entfernt davon, die versprochene Freiheit herbeizuführen, neue Drangsale bereiten möchte. Hebt also die Vernunft den Naturstaat auf, wie sie notwendig muss, wenn sie den ihrigen an die Stelle setzten will, so wagt sie den physischen und wirklichen Menschen an den problematischen sittlichen, so wagt sie die Existenz der Gesellschaft an ein bloß mögliches (wenn gleich moralisch notwendiges) Ideal von Gesellschaft. Sie nimmt dem Menschen etwas, was er wirklich besitzt, und weist ihn dafür an etwas an, das er besitzen könnte und sollte. Der 17. Juni verhielt sich zur Vendée wie der Holzkasper

zum Achill; altes Übel der Deutschen, wer ist Mephistoles?'

Das Zitat zeigt, wie sehr Sie Ihre Kritik durch historische Bezüge verbrämen. Aber auch ein gewisser satirischer bzw. ironischer Schreibduktus kommt dabei zum Vorschein. War das Ihre Absicht?

Natürlich. Historische Vergleiche hinken immer ein wenig. Sie haben aber den Vorteil, dass man sich einer direkten Intervention entzieht und sie dennoch eine gewisse Plausibilität haben. Und durch die satirische und ironische Form der Darstellung schafft man eine zusätzliche Distanz zu den Ereignissen. Platt gesagt: Man macht es der Zensur nicht so einfach.

In Ihrer Darstellung lassen Sie eine der Figuren eine Aufführung des ‚Don Giovanni' besuchen; d.h.: sie ist auf dem Weg dorthin und gerät dabei unter die Aufständischen. Sie ist gleichzeitig Parteiaktivist und versucht, zu der versammelten Menge zu sprechen. Sie dringt mit der Ansprache jedoch nicht durch. An der Stelle heißt es im Roman:

‚*Die guten Deutschen, welche zwölf Jahre mit Scheußlichkeiten gefüllt hatten, wie sie vor dem in tausend Jahren nicht unterlaufen waren, begannen aufzumucken, wenn gleich vielleicht halbfalsch gezielte Investitionspolitik zu gewissen Härten geführt und die neue Obrigkeit die lautgewordne Kritik mit gelinder Schroffheit zurückgewiesen hatte; außerdem, der Klassenfeind.*

Es handelt sich um Historie minderen Ranges; retardierendes Moment; Epizykel, scheinhafter Rücklauf.'

Sie bauen in Ihren Text immer wieder kulturgeschichtliche und ästhetische Erwägungen ein, die aber durchaus Bezüge zum aktuellen Geschehen aufweisen; wenn auch sehr vermittelt.

Das ist richtig beobachtet. Ich lasse zum Beispiel den verhinderten Besucher der Mozart-Oper eine Rezension des Don Juan-Stoffes resümieren, in dem die subtilen Beziehungen zwischen Monarchen und Schranzen aufscheinen. Dabei versuche ich, deren Herrschaftsbeziehungen soziologisch genau zu analysieren und suche nach strukturell-ästhetischen Lösungen für die dargestellten Probleme. Dazu benutze ich Zitate aus unterschiedlichsten Quellen, z.B. aus der ‚Geschichte der Wettinischen Territorialherrschaft' oder aus dem ‚Offiziellen Lehrbuch des Tischtennis-Verbandes' oder ‚Anleitungen zum Boxkampf'. Allein diese Beispiele mögen genügen, um darzustellen, wie verwoben der ganze Romantext strukturiert ist.

Sie zitieren Quellen, von Leibniz über Kant bis hin zu Walter Benjamin. Von letzterem zitieren Sie die berühmte Passage aus den ‚Geschichtsphilosophischen Thesen'; gemeint ist die Interpretation des Bildes ‚Angelus Novus' von Paul Klee, in der es heißt:

‚Der Engel der Geschichte muss so aussehen. Er hat das Antlitz der Vergangenheit zugewendet. Wo eine Kette von Begebenheiten vor uns erscheint, da sieht er eine einzige Katastrophe, die unablässig Trümmer auf Trümmer häuft und sie ihm vor die Füße schleudert. Dieser Sturm treibt ihn unaufhaltsam in die Zukunft, der er den Rücken kehrt, während der Trümmerhaufen vor ihm zum Himmel wächst. Das, was wir den Fortschritt nennen, ist dieser Sturm.'

Mit dieser Text-Montage wollte ich darauf hinweisen, dass das ‚Kontinuum der Ge-

schichte' in der Tat eine einzige Katastrophe darstellt. Ich spürte, dass das Sozialismus-Experiment der DDR zum Scheitern führt; besser gesagt: ich fürchtete es. Mein Roman weist in dieser Hinsicht keine Eindeutigkeit auf; aber auf die Gefahren des Scheiterns wollte ich zumindest aufmerksam machen.

*

Eine überaus lesenswerte Abhandlung findet sich im zweiten Teil Ihres Romans, den Sie erst Jahre später verfasst haben. Er enthält eine sozialästhetische Studie unter dem Titel ‚Naturform und Menschenwerk'. Es ist ein Versuch, den Begriffsinhalt des Wortes ‚Landschaft' zu bestimmen. Im ‚Petrarca-Kapitel' findet sich eine Definition dessen, was Sie unter Landschaft verstehen:

‚Das Wort Landschaft meint nicht die außermenschliche Natur: der Begriff bezeichnet menschlich vermittelte Natur; wo Naturform und Menschenwerk einander weiträumig, stereometrisch durchdringen, gestaltet sich das, was wir Landschaft nennen.'

Alsdann werden Genres wie Malerei, Literatur, Musik, Gartenbau, Industrie, Theater und Bühnenbild nach dem Landschaftsbegriff durchforstet.

Mich hat das Phänomen ‚Landschaft' gerade deshalb interessiert, weil es in den Werken vieler Künstler eine herausragende Rolle spielt und in den verschiedensten Genres vorkommt, ohne dass näher reflektiert wird, was es damit auf sich hat.

Ein weiterer Höhepunkt Ihres Romans ist für mich der Goethe-Essay; er ist eine Art Schlüsseltext des Romans und zwar deshalb, weil Sie aus der Perspektive der ‚Hochkultur' die gesellschaftlichen Verhältnisse Ihrer Zeit analysieren. Und der Abschnitt ist auch deshalb aufschlussreich, weil Sie darin ästhetische Kriterien entwickeln, die für das Verständnis des Romans von großer Bedeutung sind.

Das sehe ich genauso. Die Produktivkraft des Dichters und das Material, worin sie sich ausdrückt, ist entscheidend von äußern Umständen abhängig; die Lähmung, die von den deutschen Zuständen stetig ausging, wollte ich durch die vielen geistesgeschichtlichen Bezüge und die Konfrontation mit gebildeten, aber an konkreten Gegen-

ständen arbeitenden Roman-Figuren immer
wieder partiell aufheben. Dadurch entsteht
ein Spannungsbogen, der Literatur ihr Material verdankt. Oder in Goethes Worten formuliert: Hier gelingt es, ,sociale Verhältnisse und die Konflikte derselben symbolisch
gefasst darzustellen'.

Ein weiterer Zugang zum Roman erschließt sich
dadurch, dass man viel über Innenansichten des
Arbeits- und Lebensraums DDR erfährt. Insofern
betreiben Sie eine Art ,Biotoperkundung', und zwar
aus eigener Anschauung und eigenem Erleben.

Ich bediente mich eines Kunstgriffs, um
meine Kritik der gesellschaftlichen Verhältnisse in einen historischen Kontext zu stellen: indem ich die Goethe-Zeit als Teil der
gegenwärtigen Welt begreife, konfrontiere
ich die Gegenwart der DDR-Verhältnisse mit
Bruchstücken utopischer Perspektiven, wie
sie einmal vorhanden gewesen sein mögen.

Deshalb analysiere ich in meinem Essay
u.a. den eigenständigen, dem Zeitgeist wi-
derstrebenden Charakter der Goetheschen
Dichtung: Goethes lyrische Reaktion auf die
sog. Befreiungskriege, welche die deutschen Staaten mit Chauvinismus und dump-

fem Freiheitsstreben überschwemmten, gipfelten in einer Art blasphemischer Verspottung und Missachtung derselben. Alle schlechten Dichter Deutschlands dichteten Schlachtgesänge; Goethe blieb, was ihm seit früher Jugend vorgeworfen worden war: kalt und schockierend; er erklärte die glorreichen Siege über den Mann, dem er sich ranggleich erachtete, schlankweg für langweilig.

Goethe macht sich, indem er die Kriegsbegeisterung der Deutschen zu teilen vorgibt, über alles lustig und hält den Schein der Oberflächlichkeit, welcher in Wirklichkeit böser Zynismus ist, jahrelang durch, was ihm viele nicht verziehen haben.

Sie verweisen auch darauf, dass Goethe in den kriegerischen Zeiten höchste Produktivität entwickelt; er hätte, wie Brecht in unserm Jahrhundert, ausrufen können: „Wahrlich, ich lebe in finsteren Zeiten!" Aber Goethe sang nicht von den finsteren Zeiten. Er liebte es, die ‚Unterströmung' seiner Dichtungen, vor allem wenn sie unmittelbar entsetzlicher oder sonst sozialer Art war, lediglich ahnen zu machen.

Dies könnte auch die Maxime Ihres Schreibens sein. Wie Goethe dürfte auch Ihnen missfallen ha-

ben, aus einer ästhetischen Sache eine Parteisache zu machen, ohne zu bedenken, dass man recht gut über eine Sache spaßen und spotten kann, ohne sie deswegen zu verachten und zu verwerfen.

Und noch ein ästhetisches Prinzip Goethes haben Sie sich m.E. zueigen gemacht. Goethe sagt irgendwo sinngemäß: „Ich habe die Welt stets für genialer gehalten als mein Genie. Das ‚benutzte' Erlebnis ist mehr als das Erlebnis, das Kunstwerk keine platt-quantitative Verdopplung des Faktischen."

Ja, das sehe ich ebenso. Literatur wird wichtig und bleibt wichtig, wenn sie ihre Gegenstände und die gesellschaftlichen Gegebenheiten, die sie reflektiert, nicht harmlos verplaudert, sondern lieber durch das, was sie schweigend ausspart, beredt Zeugnis ablegt, wenn sie das, was z.B. das ‚Experiment Sozialismus' einst ausgemacht oder sich vorgenommen hat, doch durch menschliches Unvermögen, Machtmissbrauch oder pragmatische Unvernunft bis zur Unkenntlichkeit auf den Hund gekommen ist, subversiv kenntlich zu machen versucht. Und Trauer bekundet über die zunehmenden

Verluste bei der Umsetzung sozialer Uto-pien.

Der hellsichtige Mahner

In Ihrer Roman-Trilogie *Die Schlafwandler,* die ich wohl als Ihr Hauptwerk bezeichnen darf, stellen Sie am Beispiel von drei Männern aus unterschiedlichen gesellschaftlichen Schichten den allmählichen *Wertezerfall* während des *Wilhelminischen Zeitalters* dar. Was sind die zentralen Motive, die Sie in Ihren Romanen ausführen?

In jedem der drei Romane steht eine andere Hauptfigur im Zentrum, und jede repräsentiert einen bestimmten Zeitabschnitt. Der Offizier Pasenow die Zeit um 1888, der Kleinbürger Esch die um 1903 und der Kaufmann Huguenau den Zeitraum um 1918. Alle drei Figuren werden von ,irrationalen Motiven' getrieben. Pasenow vertritt noch das in Auflösung begriffene ,romantische Weltbild' des Adels; er glaubt an die herkömmliche Hierarchie und vertritt Werte wie Ordnung und Disziplin. Esch hofft auf eine irgendwie geartete ,Erlösung'. Er leidet an der ungerechten gesellschaftlichen Ordnung und kämpft dagegen an. Halt sucht er in der Religion, aber auch in der Politik, doch er schwankt orientierungslos zwischen den beiden Wertesystemen hin und her. Und Huguenau schließlich verkörpert

den Typ des wertneutralen, kalt berechnen-
den, zweckrationalen Geschäftsmannes,
dessen einzige Handlungsmaxime der ge-
schäftliche Erfolg ist.

Ihnen geht es um die ,Macht des Irrationalen' in
einer unüberschaubar gewordenen Welt. Alle drei
Figuren versuchen vergeblich, ihrem Leben einen
,Sinn' zu verleihen, weil ihnen die geeigneten Mittel
fehlen. Sie werden von existentiellen Ängsten und
irrationalen Gefühlen getrieben, die ihr Handeln
bestimmen, deren Ursachen ihnen nicht bewusst
sind. Sie sehnen sich nach ,Führung' und ,klaren
Verhältnissen', aber sie leben und handeln in einem gesellschaftlichen Umfeld, das in Auflösung
begriffen ist. So taumeln sie mehr oder weniger
,orientierungslos' dahin. Hat dieser Zustand Ihnen
das Motiv des *Schlafwandelns* nahegelegt?

Durchaus. Der Schlafwandler lebt in ei-
ner Art ,Schwebezustand'. Man könnte sa-
gen: in einer ,unwirklichen Wirklichkeit'
zwischen ,Noch-nicht-Wissen' und ,Schon
Wissen'. Er ahnt, dass etwas Unheilvolles in
der Luft liegt, weiß aber nicht genau, was
es sein könnte. Er wird von Ängsten oder
Ohnmachtsgefühlen getrieben, versucht die-
se zu beherrschen, muss aber erleben, dass
sie sich ständig reproduzieren, wobei die

Anlässe relativ beliebig sind. Mal sind es Er-
innerungen, das andere Mal Sehnsüchte
und Begierden, und dann ist da die Wut auf
das ganze Treiben um sie herum, das un-
durchdringlich und unbegreifbar erscheint.
Es ist das ‚Verschwommene', ‚Dunkle', das
‚Nicht-Wissen' und eine Art ‚Paralyse des
Denkens', die den Schlafwandler ausmacht
und ihn nach einem ‚Heilsbringer' Ausschau
halten lässt.

Ihre Romane spiegeln vor allem die Verhältnisse der Vorkriegszeit wider, die zum Ersten Weltkrieg führte; geschrieben haben Sie sie allerdings
in der Zeit von 1928 bis 1931, als sich schon wieder neues Unheil ankündigte. Haben Sie Ihr
Schreiben auch als Warnung an Ihre Zeitgenossen
verstanden, wachsam zu sein?

In der Tat wollte ich zeigen, welche ge-
sellschaftlichen und geistesgeschichtlichen
Ursachen dem irrationalen Wunsch nach ei-
nem Führer und Erlöser zugrunde liegen.
Ich zeichne den Entwicklungsprozess nach,
der zur Krise der liberalen Gesellschaft und
zum Zusammenbruch des Wirtschafts- und
Währungssystems führte. Vor allem die
Massenarbeitslosigkeit, die große Teile der
Bevölkerung ins Elend stürzen lässt, erweist

sich als idealer Nährboden für die Nazi-Ideologie. In der Figur des Schlafwandlers begegnet uns der orientierungslos dahin taumelnde Zeitgenosse, der sich nach einem Heilsbringer sehnt; auch wenn ich damals noch nicht ahnte, in welch verhängnisvoller Weise dieser Wunsch Wirklichkeit werden würde.

Nun haben Sie keinen ‚historischen Roman' geschrieben, sondern Ihnen kam es darauf an, die ‚innere Gedanken- und Gefühlswelt' Ihrer Figuren sichtbar zu machen. Das was sie bewegt, umtreibt, ängstigt, wütend macht.

In der Tat bilden die historischen Ereignisse nur den Rahmen oder Hintergrund des Ganzen. Ich wollte zeigen, wie die Menschen den Zusammenbruch einer Werteordnung erleben. Sie begreifen schlichtweg nicht, was ihnen geschieht. Viele halten – wenn überhaupt – an herkömmlichen Konventionen fest. Die Meisten aber leben bewusst oder unbewusst dahin, passen sich den veränderten Bedingungen vorbehaltlos an oder verweilen in einem Zustand des Dahindämmerns und der Gleichgültigkeit. Aber gerade in dieser Rolle des dahindämmernden, schlafwandelnden Menschen wer-

den sie zu Prototypen ihrer Zeit und zu symptomatischen Objekten einer Herrschaft, die sie im Grunde ablehnen müssten. In diese irrationalen, unbewussten Tiefenschichten wollte ich vordringen. Die äußeren Ereignisse zu schildern, ist Sache der Historiker; etwas tiefer zu schauen ist Aufgabe der Literatur und Kunst.

Zu den beeindruckenden Passagen Ihres dritten Romans gehören für mich Ihre zehn ‚Essays über den Wertewandel'. Was hat Sie bewogen, derart anspruchsvolle geschichtsphilosophische, psychologische bzw. geistesgeschichtliche Elemente in Ihren Roman einzubauen.

Ich wollte das Phänomen des ‚Wertewandels', die Auflösung einer Jahrhunderte währenden Werteordnung nicht nur konstatieren und an bestimmten Ereignissen demonstrieren, sondern sie in ihrem Zerfallsprozess verstehen und so weit wie möglich erklären. Welche Veränderungen sind es, die das Denken der Menschen derart radikal verändert haben? Und welche Entwicklungen der Religion, Philosophie, Naturwissenschaften, Ökonomie und Kunst haben mit zur ‚Umwertung aller Werte' beigetragen?

Ganz allgemein gesprochen kann man sagen, dass mit der Ablösung der seit dem Mittelalter geltenden Idee einer einheitlichen christlichen Weltordnung, eine zunehmende ‚Abstraktion' des Denkens einsetzt. So kritisiere ich die Hegelsche Fortschrittsphilosophie, weil es keinerlei Bezug zur historischen Realität aufweist. Die Kategorien der meisten philosophischen Systeme kreisen gewissermaßen um sich selbst.

Hinzu kommt: Das neue wissenschaftliche Weltbild hat dazu geführt, dass sich die einzelnen Wissensbereiche gegeneinander verselbständigen, und in der ‚Logik dieser Zersplitterung' liegt begründet, dass sie jeweils zur Dominanz streben und in ihrer Funktionalität zu einer Art ‚radikaler Aggressivität' neigen. Besonders deutlich wird dies an der zunehmenden ‚Dominanz des ökonomischen Denkens', und für die Zeit, in der die Romane spielen, gewinnt das Militärische die Oberhand. Es geht nicht mehr um den ‚Sinn des Ganzen', sondern um Geld oder Krieg. Der ‚Nützlichkeitsmensch', der skrupellos nach dem unmittelbaren Erfolg strebt, wird dominant. Vor allem trieb mich die Frage

um, wie die damalige allgemeine ‚Kriegsbe-
geisterung' im Vorfeld des Ersten Weltkrie-
ges zu erklären war; dieses Ausmaß an Irra-
tionalität, wo doch jedem rational denken-
den Menschen die katastrophalen Folgen
klar sein mussten. Und wie es möglich war,
dass Menschen so fundamental gegen ihre
eigenen Interessen handelten. Als ich die
Romane 1931 abschloss, sah ich die Gefahr,
dass dies erneut geschieht.

Eine Ihrer Erklärungen besteht darin, dass Sie
zeigen, dass bei aller ‚Rationalität der gesellschaftlichen oder wissenschaftlichen Teilbereiche' keinesfalls so etwas wie eine ‚Gesamtrationalität' entsteht. Im Gegenteil. Die ‚Erfolge' in Teilbereichen,
beispielsweise der Ökonomie, können Resultate
zeitigen, die verheerend sind, zu Kriegen führen
oder z.B. die Zerstörung der natürlichen Ressourcen nach sich ziehen.

Genau das ist der entscheidende Punkt.
Die ‚autonom gewordene Vernunft', die sich
in den Teilsystemen entwickelt, kann zer-
störerische Auswirkungen für das gesell-
schaftliche Ganze haben. Jedes dieser Wer-
tesysteme repräsentiert immer nur eine
Teilrationalität; man könnte auch sagen: Ih-
re zunehmende ‚Rationalität' trägt zur ‚Irra-

tionalität des Ganzen' bei. Ein paradoxer Vorgang, der schwer zu begreifen ist. Diesen Prozess wollte ich mit meinen Romanen nachzeichnen.

Sehe ich das richtig, dass Sie sich während der Arbeit an Ihrer Trilogie intensiv mit der Philosophie *Husserls* auseinander gesetzt haben?

Nicht nur mit Husserl, auch mit Lukács. Es gibt da eine Affinität zwischen den Beiden, die mich interessiert hat: Beide sind sich einig darin, dass die Wissenschaften als Tatsachenwissenschaften ihre Bedeutung verloren haben. Sie sind unfähig, ihrer eigentlichen Aufgabe nachzukommen: die Menschen über den Sinn ihres Daseins aufzuklären. Stattdessen sammeln sie unentwegt mit immer raffinierteren Methoden Einzeltatsachen, deren Herkunft (Zeitlichkeit) und Bezug zur gesellschaftlichen Totalität ihnen verborgen bleibt. Im Gegenteil: indem sie durch die Konzentration auf eine Teilrealität die Sicht auf das Ganze geradezu verstellen, tragen sie zur gesamtgesellschaftlichen Irrationalität bei, da ihre eigene Sicht begrenzt und rudimentär bleibt.

Beide sehen in der formelmathematischen, rationalen Erkenntnis das Kennzeichen der ganzen Epoche. Für Husserl ist es eine Kri-

se des Denkens, der Philosophie vor allem, für Lukács eine Krise des Kapitalismus. Lukács sagt: ‚Das Prinzip der auf Kalkulation, auf Kalkulierbarkeit eingestellten Rationalisierung in der die Bewegung der von menschenfremden ‚objektiv-rationalen Gesetzen beherrschten Sachen von den Menschen vorhersehbar und manipulierbar ist, entspricht auf der anderen Seite die Irrationalität der ganzen Welt, einer Welt, in der sich der Mensch fremd bewegt, seinen Platz nicht finden kann und irrationalen Mächten ausgeliefert ist'.

Ganz ähnliche Aussagen trifft man bei Husserl an, nur dass für ihn das Ganze eine Krise des Geistes ist, was für Lukács eine der menschlichen Produktions- und Verkehrsformen ist. Husserls Konzept der ‚Lebenswelt' ist eine einzige Kritik des Denkens seiner Zeit. Die spezialisierten Einzelwissenschaften haben den Blick für ‚das Ganze' verloren und damit auch die ‚Verantwortlichkeit' für ihr Tun.

Genau das war der Grundgedanke der ‚Schlafwandler-Trilogie.' Vor allem der dritte Roman Huguneau behandelt diese Problematik. Huguneau ist geradezu der Prototyp eines Tatsachenmenschen. Einmal heißt es von ihm: Tatsachendenken schafft Tatsachenmenschen! Sie glauben nur an das, was *sich messen und quantifizieren, sprich: berechnen lässt und aus dem sie Gewinn schlagen können. Alles andere ist ihnen gleichgültig.*

Sie haben sich vieler verschiedener Stilmittel bedient, um Ihr Anliegen zum Ausdruck zu bringen. Die Essays über den ‚Wertewandel' sind nur eines. Daneben gibt es lyrische und dramatische Passagen; innere Monologe; Naturschilderungen; wissenschaftliche Abhandlungen; Briefe u.a.m.

Mir war wichtig, die Romanteile in Sprache, Darstellungsweise und Aufbau so zu gestalten, dass die wechselnden Stilformen das Charakteristische der Epochen und der Figuren widerspiegeln. Der erste Roman folgt einem realistischen Erzählstil. Im zweiten zerfasert die Handlung und weist keinen kontinuierlichen Erzählstrang auf. Und der dritte Roman sprengt vollends den Rahmen des ‚bürgerlichen Romans' und enthält die von Ihnen genannten Stilelemente. Darin ähnelt er dem ‚Ulysses' von Joyce, mit dem ich im Übrigen gut befreundet bin. Er war einer der Wenigen, die den Roman seinerzeit verstanden haben.

Erschwerend kam wohl hinzu, dass die Rezeption Ihres Werkes durch die Nazi-Zeit unterbrochen wurde und der 1931 erschienene Roman erst in den fünfziger Jahren – wenn überhaupt – wieder zur Kenntnis genommen wurde.

Ich arbeitete von 1928 bis 1931 an der Trilogie. Meine Bücher wurden in Deutschland verbrannt. 1938 wurde ich von der Gestapo verhaftet, konnte aber über England nach Amerika entkommen. Das alles und der nachfolgende Krieg haben natürlich die Wirkungsgeschichte meiner Romane erheblich beeinflusst. Aber das ging ja nicht nur mir so.

Kann man sagen, dass Sie trotz dieser deprimierenden persönlichen Erfahrungen am Schluss Ihrer Trilogie versuchen, so etwas wie einen positiven oder hoffnungsvollen Ausblick zu geben? Denn am Schluss Ihres dritten Romans heißt es: *‚Aus der schwersten Finsternis der Welt tönt die Stimme, die das Gewesene mit allem Zukünftigen verbindet. Es ist die Stimme des Menschen und der Völker, die Stimme des Trostes und der Hoffnung und der unmittelbaren Güte'.*

Das kann man so sagen, denn der Roman endet mit dem Appell des Apostels Paulus:

‚Tu dir kein Leid! Denn wir sind alle noch hier!'

Der Lebenshungrige

Sie haben erst spät mit dem Schreiben begonnen. Wie kam es dazu?

Nun, ich führte lange Zeit ein sogenanntes ‚gutbürgerliches Leben'. Ich hatte Familie, Kinder und einen einträglichen Beruf als angesehener Kunstkritiker einer großen Zeitung. Meine Tage waren verplant, und ich zappelte in einem Netz von Verpflichtungen. Am Abend kam ich mir wie ‚kleingehackt' vor. Mir war oft, als hätte man mir den Tag geraubt. Ich sehnte mich nach ‚Freiheit', auch wenn diese Sehnsucht noch ziemlich vage und unbestimmt war.

Gleichwohl haben Sie den ‚Bruch mit Ihrem Milieu' ziemlich abrupt vollzogen, wenn man so will ‚Hals über Kopf'. So muss es wohl auch Ihrer Umgebung erschienen sein.

Das war so. Man könnte von einer Panikreaktion sprechen. Ich hatte lange überlegt und meine Entscheidung immer wieder hinausgezögert, bis ich eines Tages – es war auf einer Auslandsreise – einfach alles hingeschmissen habe. Der Verzicht auf die bürgerliche Karriere fiel mir nicht schwer. Aber die Ablösung von der Familie war schrecklich. Doch mir war klar geworden, dass ich unter den damaligen Verhältnissen, die ja vor allem ‚Familienverhältnisse' waren, nicht zum Schreiben kommen würde. Ich meine nicht dies ‚Schreiben auf Bestellung', wie ich es bisher praktizierte. Das Schreiben, wie ich es mir vorstellte, war eine ‚Existenzprobe', ein ‚Wagnis', eine ‚radikale Suche'. Und diese Radikalität vertrug sich nicht mit der Rücksicht auf eine Familie.

Sie müssen damals in ein tiefes Loch gefallen sein. Ohne Wohnsitz, ohne Einkünfte, ohne Anschluss an den Literaturbetrieb, ohne Freunde, die sie hätten unterstützen können. Sie müssen Existenzängste durchgestanden haben.

Die materielle Seite war das eine; sie interessierte mich nicht sonderlich. Aber ich wusste, dass ich meiner Familie gegenüber Schuld auf mich geladen hatte. Das machte mir zu schaffen. Aber ich sah keine andere Möglichkeit, als die Sache auf die Spitze zu treiben und alles zu riskieren. Und wenn ich sage, ‚alles', dann meine ich es auch so. Ich sagte mir: ‚Das Leben ist zu gewinnen oder zu verlieren', darum geht es. Ich war von der Überzeugung durchdrungen, dass sich außer Literatur, die ich als eine dem Leben abgerungene Essenz verstand, nichts auf Erden lohnt.

Hat sich Ihre Situation dadurch, dass Sie nach Paris gingen, verbessert oder ist alles nur noch schlimmer geworden?

Meine neu gewonnene ,poetische Existenz' bezahlte ich mit Einsamkeit, Existenzangst, Heimat- und Themenlosigkeit. Gleichwohl wuchs in mir eine Art ,Paris-Gefühl'. Ich lief in der Anfangszeit ziellos durch die Straßen, ergötzte mich an den hellen Fassaden, den durch die Häuserschluchten sichtbaren blauen Himmel, dem Strom der Passanten, den belebten Plätzen, den Cafés, dem Anblick der vielen schönen Frauen. Bis zur Erschöpfung sog ich alles in mir auf.

Kann man sagen, dass Sie in dieser Zeit eine neue Beziehung zum ,Alltag' entwickelten, der Ihnen bis dahin eher ein Gräuel gewesen war, weil er fremdbestimmt war?

Es dauerte, bis der Alltag mir zur ,Inspirationsquelle' wurde. Irgendwann war es mit dem ‚Flanieren' vorbei. Paris war jetzt der Alltag, aber was sollte ich mit diesem steinernen Alltag von solcher Unermesslichkeit anfangen? In gewisser Weise hatte ich noch keinen Alltag, noch keinen Rhythmus, noch kein alltägliches Arbeitsleben, das mich beschäftigte und abschirmte. Das Umherlaufen bedeutete mir auf einmal nichts mehr. Zu Hause, das heißt in meiner Kammer, erwartete mich die Einsamkeit. Ich verkroch mich in Cafés und wusste, dass ich bald kein Geld mehr haben würde. Die Angst vor dem, was mich erwartete, kroch wie Ungeziefer aus allen Ecken und Ritzen hervor. Schreiben konnte ich in dieser Zeit nicht. Worüber hätte ich schreiben sollen? Mir fehlte schlichtweg ein Thema.

Sie haben Ihre damalige Situation in einem Ihrer Texte sehr eindringlich beschrieben. Ich habe mir die Stelle rausgesucht und würde sie Ihnen gern vorlesen. Da heißt es:

Ich sitze in meinem Schachtelzimmer, und wenn ich lange so sitze und in den Hof starre, kriege ich Angst. Denn da ist ja eine riesige Stadt um mich gehäuft, eine Stadt voll Leben, und die Zeit rinnt. Und ich sitze an meinem Tisch und auch durch mich läuft das Leben, in Form von Gedanken, Empfindungen, Ängsten, winzigen Lichtblicken, Traurigkeiten, läuft, läuft es ab. So setze ich mich an die Maschine, nehme mir etwas vor, das ich mir tagsüber aus dem lauen grauen Strömen meiner Zeit aufgehoben und gewissermaßen in ein Westentäschchen gesteckt habe, dann konditioniere ich mich darauf wie auf einen Weitsprung oder besser einen Hürdenlauf, ich konzentriere mich auf den Start und stürze mich in die Maschine, blindlings, in einem Satz, nur mit dem Gedanken zu landen. Ein Etwas, ein Stückchen Leben. Etwas Fest- und Fertiggemachtes, fast schon ein Tagewerk.

Etwas schreiben, das heißt, zu Papier bringen, sonst wirst du krank in dieser Freiheit, unumschränkten, hätte nie geglaubt, dass Freiheit eine Form von Gefangenschaft sein könnte, Freiheit kann wie ein Urwald sein oder wie das Meer, ersaufen kannst du darin oder verschwinden und nie nimmer hinausfinden. Wie komme ich in der Freiheit an Land oder wie kann ich sie genießen? Ich muss sie mir parzellieren, bepflanzen, anbauen, muss sie, wenigstens ein bisschen, in Beschäftigung umwandeln,

Freiheit ist bodenlos, wenn sie sich in dieser totalitären Form darbietet'.

Ich denke der Text beschreibt ziemlich präzise, wie Ihre Anfangszeit in Paris aussah, nachdem Sie sich mit den ersten Eindrücken von der Stadt vollgesogen hatten. Sie mussten ins Arbeiten kommen, und diesen Übergang vom Umherlaufen zum Schreiben stelle ich mir als die eigentliche Herausforderung vor.

Der Text bezieht sich auf die ersten zwei Jahre, die ich in Paris verbrachte. Natürlich gab es auch später immer wieder Phasen, in denen ich ins Bodenlose zu kippen drohte. Aber vor allem die Anfangszeit war prekär. Ich wollte durch das Schreiben ‚ins Leben kommen', so wie ich es mir vorstellte. ‚Das Leben schreiben', lautete mein Credo. Anders gesagt: Ich hatte mir vorgenommen, mir mein Leben zu erschreiben oder durch das Schreiben den ‚Schlüssel des Lebens' zu finden.

Aber wo war es, das sogenannte Leben? War das ‚das Leben', dem ich tagtäglich begegnete? Auf der Fahrt mit dem Bus oder der Metro? Der Besuch bei der Flickschneiderin, der ich meine zerschlissene Jacke

bringe? Der Tauberich auf der Fensterbank?
Die Menschen mit den toten Gesichtern, die
an der Theke einer Kneipe in ihr leeres Glas
starren? Die Leute im Haus, die mich mit
ihren Geräuschen stören? Meine Ängste und
Träume, die mir lange nachgehen?

Sie sprachen vom *Parzellieren* der Wirklichkeit,
für die Sie nach einer Form suchten. Ist es richtig,
dass das *Journalschreiben* Ihnen dabei geholfen
hat, die Ihnen adäquate Form des Schreibens zu
finden? Vielleicht, weil Sie durch ein zunächst relativ anspruchsloses Notieren zu einer Art ,Gleich-
gewicht' zwischen äußeren Eindrücken und inneren Empfindungen zu kommen hofften?

Ich versuchte vor allem, meinem ,Innen-
leben' Ausdruck zu verleihen, meinen Ge-
fühlen und Ängsten, die mich nach wie vor
umtrieben. Wenn Sie so wollen, führte ich
,Selbstgespräche', auch weil ich Niemanden
hatte, mit dem ich mich hätte austauschen
können. Ich schrieb auf, was mich bewegte.
Ich schrieb und schrieb und sammelte hau-
fenweise Notizen an, die ich irgendwo ab-
legte ohne sie weiter zu beachten. Aber all
das half mir, meine Verkrampfungen zu lö-
sen, und ohne dass mir dies bewusst war,
hatte ich mich auf eine gewisse Vorstufe der

Schriftstellerei zubewegt. Es war die Ent-
wicklung hin zu einem ‚Schriftstellerleben'.

Insofern kann man vielleicht sagen, Ihre Journa-
le dokumentieren den ‚existentiellen Boden', den
‚schöpferischen Prozess', in welchem Literatur
entsteht. Dann wäre der Roman, der später vielleicht einmal daraus entsteht, das eigentliche
‚Sprach-Ereignis'.

Wobei ich betonen möchte, dass das
Journalschreiben für mich nicht mit dem
gängigen Tagebuchschreiben zu verwech-
seln ist. Irgendwo habe ich mein Verständ-
nis einmal so formuliert: ‚Die Wirklichkeit
ist nicht ein für allemal abzuziehen oder ab-
zufüllen und in Tüte, Schachtel oder Wort
mitzunehmen. Sie ereignet sich. Sie will
verdeutlichend mitgemacht werden und ei-
gentlich mehr als das: Sie muss hergestellt
werden, zum Beispiel im Medium der Spra-
che'.

Ihnen geht es also weniger um das konkrete Ereignis, das es festzuhalten gilt, als um die *Bedeu-*
tung, die einem Sachverhalt zukommt. Sie haben
einmal geschildert, wie Sie täglich vor Ihrer
Schreibmaschine, einem Vorkriegsmodell, sitzen
und sich daran erinnern, unter welchen Umständen

sie diese erworben haben. Sie haben eine gemeinsame Zeit mit ihr verbracht, bis heute. Durch sie erinnern Sie sich an Situationen, die zwar vergangen sind, Ihnen aber in gewisser Weise immer noch nachhängen. Diese immanenten Bedeutungen versuchen Sie allen Sie umgebenden Dingen abzulauschen, und das ist es, was Sie durch Ihr Schreiben zutage fördern möchten. Irgendjemand hat Sie einmal als ‚Bedeutungssucher‘ charakterisiert. Würden Sie dem zustimmen?

Die Formulierung gefällt mir. Es geht mir in der Tat nicht darum, einzelne Begebenheiten gewissermaßen ‚buchhalterisch‘ festzuhalten. Meine Journal-Aufzeichnungen gleichen eher ‚Frontberichten‘. Ich versuche, den Ereignissen, die mir begegnen, ihr Geheimnis abzulauschen. Der Gedanke, dass das Leben ‚bedeutungslos‘ sein könnte, erschreckt mich stets aufs Neue, obwohl ich mich davon nicht freimachen kann. Mein künstlerischer Anspruch ist es, die ‚Gesamtheit des Lebens‘ darzustellen; in all der Schönheit und dem Reichtum, aber auch in all dem Elend, der Leere, der Sinnlosigkeit. Dieser Anspruch lässt sich weder in ‚horizontaler Addition‘, noch in ‚vertikaler Vertiefung oder Überhöhung‘ einlösen. Man könnte auch sagen: ‚Die Bedeutung des Le-

bens liegt in seinem Dasein'. Zu dieser Einsicht bin ich erst mit der Zeit gekommen. Statt immer nur zu fragen: Wo ist das Leben, habe ich allmählich verstanden oder besser noch: verstehen müssen, dass ich mich immer schon in einem Leben befinde. Ich muss es nur ,wahrnehmen' und beim Schopfe packen.

Ich komme noch einmal auf das Journalschreiben zurück. Kann man das, was sich während des Schreibens am Journal vollzieht, dahingehend zusammenfassen, dass es für Sie eine Art ,Warmschreiben' ist, in dem Sie sich sukzessive einem Gegenstand oder Ereignis nähern, um deren verschiedene Bedeutungen zu erfassen? Dann wäre es gleichzeitig ein Akt der Literarisierung, der Formgebung, der schöpferischen Aneignung.

In der Tat ist das Notieren mein tägliches Geschäft, wenn Sie so wollen. Ebenso gut gefällt mir die Formulierung ,Warmlaufen'. Warmlaufen, um nicht einzurosten, um mich in Gang zu halten. Es ist der Versuch, die grausliche Freiheit oder Leere, von der wir gesprochen haben, zu unterlaufen. Ich befinde mich in Paris, sitze in meinem Schachtelzimmer, und die Zeit vergeht. Ich sitze da und warte. Warte, dass sich etwas in mir

regt, warte auf einen Einfall. Stellt sich ei-
ner ein, muss ich zugreifen, so schnell es
geht. Und da kommt mir die Form des Jour-
nalschreibens natürlich zugute. Ich weiß,
während ich mir etwas festhalte, dass ich
wohl noch des Öfteren Hand daran anlegen
werde. Das befreit mich vom Zwang, eine
endgültige, perfekte Form zu finden. Es ist,
als würde ich allmählich etwas in eine Form
bringen und mit kleinen und kleinsten
Wortgebilden die Leere meines Alltags fül-
len.

Beim Stichwort ‚Warmlaufen' habe ich spontan
ein ‚Umhergehen oder Spazierengehen' assoziiert
und daran gedacht, welche Gedanken Ihnen dabei
kommen. Sie haben ja oft davon gesprochen, dass
Ihnen beim Gehen oft die besten Einfälle kommen,
ganz absichtslos gewissermaßen. Vielleicht, weil
Sie abgelenkt sind oder ganz ungewollt eine Art
‚Assoziationsreigen' in Gang kommt?

Nicht die zurückgelegten Distanzen sind
mir dabei wichtig, sondern die Motorik, die
Bewegung selbst. Daher gehe ich täglich
von meiner Wohnung ins Atelier, in meine
Klause. Meine Wohnung liegt in Montpar-
nasse, ganz in der Nähe der Cafés, in denen
früher berühmte Künstler und Schriftsteller

sich die Köpfe nächtelang heiß redeten. Viele verbrachten dort auch die Zeit, um sich aufzuwärmen, weil ihre Wohnhöhlen unbeheizt waren. Sie können sich vorstellen, dass mir beim Gang durch die Straßen allein die Nähe zu diesen historischen Figuren die eine oder andere Assoziation verschafft. Ich stelle mir vor, unter welchen Umständen die Maler ihre Bilder schufen, und ich rufe sie mir ins Gedächtnis zurück. Das alles ist inspirierend und hilft mir, in meinen Alltag zu kommen.

Diesen ‚Luxus', in einem anderen Raum zu arbeiten, habe ich mir stets erlaubt. Ich brauche auch die ‚Reibung' mit den Leuten, die mir täglich unterwegs begegnen. In der Wiederholung stellen sie das ‚Stetige' dar, und im Zweifelsfall entstehen auf diese Weise ‚Zusammenhänge'. In meinen Vorstellungen schließen sich allmählich die Lücken zwischen den einzelnen, voneinander isolierten Ereignissen. Die fiktionalen Zwischenräume gewinnen an Form; sie werden zu einer in Sprache verwandelten Zeit. Es entsteht das, was sich ‚zeigt'. Es ist, als müsste ich nur den Rhythmus oder Ton finden. Das Schreiben ist dann so etwas wie ein ‚Anstimmen'.

Das ist ein gutes Stichwort. Sie sprachen einmal davon, dass es Ihnen u.a. darum geht, so etwas wie ‚Prosa-Musik' zu schreiben, um Ihre innere ‚Leidenslast' zu verringern. Sie suchen nach einem ‚Resonanzkörper', der die dunkle, schwere Pracht, die sie in sich spüren, zum ‚Schwingen' bringt, und Sie sprachen von einer Art ‚Umdichtung' durch schöpferische Tätigkeit in Form ‚dichterischer Selbsterschaffung'. Kann man sagen, dass in all dem die Bedeutung der Musik für Sie liegt?

Nicht nur der Musik; der bildenden Kunst überhaupt. Sie wissen, dass ich mich intensiv mit van Gogh auseinandergesetzt habe. Mich faszinierte seine Art, sich an die Wirklichkeit ‚heranzuarbeiten', sein Ringen um die gestalterischen Mittel, sein Humanismus; das Glück, das er empfand, wenn er malte. Mit all der ihm eigenen Radikalität und Schonungslosigkeit suchte er im Künstlerischen seine Daseinsberechtigung. Er bemühte sich zeitlebens, im Schöpferischen die ihm einzig mögliche Lebensform zu finden.

Beim Musikhören kam mir eines Tages zu Bewusstsein, was man den tiefsten Beweggrund alles Schöpferischen nennen könnte:

die Last des Lebens zu mildern: Es ist die Last der Existenz schlechthin, von der man oft denkt, dass sie zu schwer für einen werden könnte.

Angaben zum Autor

Joke Frerichs; Jahrgang 1945; Dr. rer. pol.;
Studium der Philosophie, Soziologie, Poli-
tikwissenschaft und Germanistik.

Veröffentlichungen u.a.:
„Zugänge. Wie man aufwächst, so denkt
man" (2005); „Begegnungen" (2007);
„Selbstgespräche. Gedichte und Poeme"
(2010); „Opas Welt. Erinnerungen an meinen Opa und meine Kindheit in Emden"
(2011); „Die Mission", Roman (2011); „Ein-
fach mal drauflos fahren – Episoden von
Reisen" (2013, 2. Aufl. 2014); „Gespräch mit
einem langen Schatten", Roman (2013);
„Das Leuchten der Stille". Ausgewählte Ge-
dichte (2014); „Das Haus des Dichters",
Roman (2016); „Inside out. Die Welt lässt
sich nicht umarmen", Journal der Jahre
2005-2015; „Die Schatten werden länger",
Journal 2016; „Kontinuitäten und Brüche.
Versuch einer Selbstbeschreibung" (2017);
„Gegenblende", Journal 2017; „Flugsand",
Journal 2018; „Intervalle", Journal 2019;
„Farewell", Journal 2020; „Weitermachen",
Journal 2021; „Zeit der unverhofften Bil-
der", Roman (2020); „Zimmerschied. Eine
Oase im Grünen" (2021); „Gelebte Alltags-

kultur. Episoden aus dem Basil's" (2021); „Weitermachen", Journal 2021; „Besuch beim Philosophen" (2022); „Hieronymus im Gehäuse. Der Dichter, sein Haus und sein Radio" (2022); „Schattenleben" (2022); „Fallobst" (2022); "Streuwiesen. Ein Lesebuch" (2022); „West-Nord-Passage", Journal 2023.

Zusammen mit Klaus Frerichs: „Einer schreibt, einer malt. Zwei Brüder aus dem Emder Arbeitermilieu finden ihren Weg" (2017).

Zusammen mit Petra Frerichs: „Lesespuren. Notizen zur Literatur" (2011); „Leben braucht keine Begründung. Zum literarischen Werk von Dieter Wellershoff" (2012); „Literarische Entdeckungen. Vergessene und neu gelesene Texte" (2012, 2. Aufl. 2018); „Mit Bildern erzählt. Gemälde und Zeichnungen von Klaus Frerichs" (2013); „Leben und Schreiben – was sonst? Ein Streifzug durch die Werkausgabe von Dieter Wellershoff" (2014); „Das Mysterium der Suche" (2014); „Dieter Wellershoff. Eine Begegnung der besonderen Art" (2019).

Beide schreiben für den *Blog der Republik*.

Weitere Informationen unter:
www.joke-frerichs.de